AF345521

Dépôt légal - 4ᵉ trimestre 2018

Bibliothèque et Archives Nationales du Québec, 2018
Bibliothèque et Archives Canada, 2018

© Presses Panafricaines, décembre 2018

ISBN : 978-29-24715-16-1

Illustration de couverture : Diarriatou Guèye, artiste

Montréal - Canada
www.presses-panafricaines.com

MON MARI,
CE POLITICIEN

Alboury NIANG

MON MARI,
CE POLITICIEN

Collection **Soleil d'Hiver**

Haïku pour nos petits-enfants

Ressources communes
Prenons-en juste pour vivre
Nos enfants arrivent

Dédicace

Hommages à :

- Mamadou Dia, président du Conseil, premier premier ministre du Sénégal indépendant

- Kéba MBAYE, Magistrat, ancien président de la Cour suprême, puis du Conseil constitutionnel du Sénégal.

- Sidi Lamine NIASS, chef religieux sénégalais, fondateur du groupe de presse Walfadjri

Avant-propos

Le contenu du présent ouvrage n'est pas pure fiction. Mais, si Ndoumbelane n'est aucun pays d'Afrique, beaucoup d'Africains y reconnaîtront leur terroir. vous retrouverez dans chaque personnage un pan des tares qui plombent notre essor. Il n'y a aucun pays d'Afrique dans lequel tous les événements qui vont suivre se sont tous déroulés. Le récit des étapes de la révolution menée par l'héroïne n'est nullement un appel à insurrection. Il s'agit d'une alerte adressée aussi bien aux gouvernants qu'aux administrés : personne ne sort vainqueur d'une guerre civile ou d'un quelconque soulèvement populaire ayant coûté la vie à des centaines voire des milliers de concitoyens. Beaucoup appellent au recours aux armes dès qu'ils se sentent lésés mais n'ont aucune idée des dures réalités auxquelles sont soumises les populations d'un pays en situation de troubles. Voici une situation très illustratrice du supplice mental, psychologique dont peut être victime tout citoyen : papa et/ou maman sont à leur lieu de travail, les enfants sont dans des écoles éloignées les unes des autres, une guerre civile éclate. L'instinct commun voudrait que, lorsqu'un événement du genre se produit, tous les membres de la famille soient ensemble, assis au même endroit. Bien des hommes politiques ont essuyé un échec à la suite d'émeutes qu'ils ont eux-mêmes suscitées : les avantages obtenus après conciliabules sont de loin inférieurs à ceux escomptés. Que de regrets ! En ce qui concerne notre intégrité morale, un fait peut nous rassurer et vous rassurer : deux personnalités politiques, siègeant l'une dans un parti au pouvoir et l'autre dans l'opposition de leur pays, n'ont pas tenu leur promesse de rédiger une préface pour le présent ouvrage. L'objectif d'impartialité est atteint si chacun d'eux ne se sent pas épargné par le contenu. Vivement que ce livre incite à déposer les armes ou dissuade ceux-là qui étaient tentés d'en faire usage !

Alboury NIANG

Préambule

Toc ! Toc ! Toc !…..

Des coups secs donnés à la porte. Ils se prolongent dans le temps, mais leur intensité diminue. Le maître de céans a même longtemps hésité avant de se décider à aller vérifier s'il y a quelqu'un derrière. Une jeune dame de trente-cinq ans environ gît par terre. Le beau tissu de wax qu'elle porte est déchiré à divers endroits. Une de ses jambes est pliée et presque à nu. L'autre allongée vers l'arrière présente une plaie béante au niveau du mollet. La dame transpire, pleure, tremble, ses lèvres surtout. On dirait deux extrémités libres d'une pièce mécanique constamment secouées par un moteur en marche. Oui, elle fait plus que pleurer. Elle halète. Sa poitrine n'est pas en reste. Elle augmente de volume. Une augmentation plus importante que celle due à une inspiration normale. La dame ne respire pas. Elle tente d'étouffer une force interne qui, elle, cherche à s'extérioriser à travers cette frêle poitrine. Des mots, elle n'arrive pas à en formuler. Yves reste là, bouche bée, à observer cette créature énigmatique. Énigmatique parce que belle et sale ; une peau lacérée, des habits sales et déchiquetés sur ce corps au visage beau et surtout aux yeux pétillants d'intelligence. Cette masse humaine vidée de tout tonus musculaire rappelle le relief abritant le volcan Monotombo du Nicaragua tel qu'en parle Jean Ziegler dans *La victoire des vaincus* : « … supportant comme par indifférence le poids de rocs qui l'étouffe… ». Elle a traîné derrière elle une longue ligne courbe gravée sur le sable marin depuis la plage.

— Faites-moi… entrer… ss s'il vous plaît !

Ce sont là les premiers mots que la jeune dame parvient difficilement à formuler.

— Mais qui êtes-vous ? Qu'est-ce qui vous est arrivé ? Pourquoi ces blessures ?

Ce questionnement du correspondant de presse européen traduit plus une anxiété qu'un désir de réponse. Car lui-même sait que cette inconnue est incapable de lui en fournir en ce moment. Yves se penche vers elle, lui tient les bras au niveau des aisselles et entreprend de la soulever. Il n'y parvient pas. Cette femme est plus lourde qu'elle n'en donne l'impression. Yves se résout alors à la traîner en la tirant par les épaules. La porte grandement ouverte, il réussit à la faire entrer, mais en laissant sur le carreau une trace de sang plus épaisse que celle gravée sur le sable marin. Dès que l'inconnue est installée sur une natte dans le jardin, l'Européen se met à effacer la trace de sang. À l'aide de ses pieds, il la recouvre de sable en allant en sens inverse de celui qu'a fait la jeune dame pour arriver chez lui. La trace le mène droit vers la mer. Elle n'est certainement pas venue d'une embarcation.

Elle a dû longer la plage, marchant dans l'eau jusqu'à hauteur de chez lui. Yves revient en courant. Après avoir prodigué les premiers soins à l'inconnue, il prend son téléphone pour appeler un médecin. La dame lui tient le bras pour l'en dissuader. Elle semble le conjurer du regard. Yves arrive difficilement à lui faire avaler quelques gorgées d'eau. Ce n'est qu'après qu'elle peut enfin dire : «Je m'appelle Assouma. Je suis l'épouse du ministre de l'Intérieur, Birama Konaté. C'est moi qui ai reçu le prix Nobel de littérature il y a une semaine…»

— Ah bon ! Celle que l'on dit disparue…

— C'est mon mari qui m'a fait enlever pour ensuite s'ériger en victime…

Alors là, Yves ne suit plus le propos d'Assouma. Il se demande dans quelle affaire d'État il vient de fourrer son nez. Lui qui, après l'Afghanistan et l'Irak, pensait avoir trouvé en cette terre de Ndoumbélane une «île déserte» pour finir tranquillement sa carrière de journaliste et y vivre paisiblement sa retraite. Il a acheté cette villa au bord de mer sous un nom d'emprunt. Yves s'était juré de ne plus se mêler de la chose politique, de ne point couvrir des événements aux relents politiques très sensibles. Voilà qu'au lieu d'aller vers le danger, comme il le faisait par le passé, là, c'est une affaire d'État, une affaire de nature à affecter des relations diplomatiques qui vient le trouver jusque chez lui. Cette inconnue en détresse s'est-elle dirigée innocemment vers lui ? Est-ce un piège savamment tendu par les autorités autochtones pour pouvoir l'expulser ? Son nom avait fait frémir de grands hommes politiques à travers le monde. Il avait l'habitude de fouiner dans les affaires classées «top secret». Mais là, dans ce pays, il voulait vivre en paix, éviter autant que faire se peut les sensations fortes vécues jusqu'ici.

— Je vous en prie, monsieur. Aidez-moi! Cachez-moi! Pas de médecin. Je n'ai confiance en personne. Tout mon entourage m'a trahie. Il ne me reste plus que mon amie Marie et son père. Je ne veux pas mettre leur vie en péril. Ma fille est en train de poursuivre ses études au Canada. Elle aussi doit être protégée. Mon garçon, quant à lui, ne court aucun risque. Son père l'adule.

— Mais madame, vous dites que Birama est votre mari?

— Oui!

— Qu'est-ce qui a pu alors vous mettre dans un tel état?

— Veuillez d'abord me donner une feuille blanche et une écritoire. Je suis médecin. Vous allez prendre des médicaments à la pharmacie. Je sais ce qu'il me faut. À votre retour, je vous conterai ce qui m'arrive. Si, bien entendu, vous êtes disposé à m'écouter pendant des heures.

I

Il faisait noir tout autour de Yabouciré. Ceux qui étaient partis à la prière de l'aube n'avaient pas encore quitté la mosquée quand, au centre d'une des concessions voisines de ce lieu de prière, Samirata DIA, la quarantaine bouclée, attisait le feu. Ma mère s'était réveillée très tôt pour qu'en ce jour de rentrée scolaire je ne fusse pas en retard. Son foyer était constitué de trois grosses pierres disposées en un triangle au centre duquel se trouvaient des brindilles sèches. Trois longs morceaux de bois sec passaient entre les pierres, avec leur extrémité incandescente dirigée vers le centre. La belle hal-pulaar, posa une marmite d'eau sur le feu avant de me réveiller.

J'avais sept ans et devais aller pour la première fois à l'école. C'était un événement exceptionnel dans ma famille où les rares personnes alphabétisées ne savaient lire qu'en arabe. Notre concession abritait le foyer de mon père, celui de son grand-frère et ceux de ses deux jeunes frères. Ma sœur aînée était âgée de vingt-deux ans, la suivante seize ans, et la cadette cinq ans. Mon unique frère avait trois ans.

Mon grand-père paternel, illustre marabout et guide

religieux de son vivant, avait tenu à ses contemporains le discours que voici : «Celui qui met son enfant à l'école française se verra, le jour du jugement dernier, conduit par ce dernier en enfer». Il s'était donc fermement opposé, au cours des années soixante, à l'installation d'une école française dans son village. La plupart des villages environnants comptaient des ressortissants journalistes, médecins, enseignants au moment où, en 198.. , Yabouciré inaugurait sa première salle de classe. Les villageois s'étaient désormais divisés en deux camps. D'un côté, les anciens qui n'acceptaient aucune influence occidentale et, de l'autre, les émigrés. Ces derniers, à l'image de mon père, avaient pu se rendre compte de leur retard en côtoyant d'autres nationalités plus instruites. Forts de ce constat, ils avaient mobilisé d'énormes efforts pour persuader les parents d'inscrire massivement les enfants de six à sept ans à l'école. Les anciens, xénophobes, œuvrèrent pour des effets contraires. Résultat : à mon inscription, dix années après l'ouverture de sa première classe, l'école ne comptait que cinq cours d'une vingtaine d'élèves chacun.

Je n'avais pas fermé l'œil de la nuit, ayant eu hâte d'être à l'école. Je me levai du lit non sans peine. Armée d'une éponge de corps et d'un savon, je partis pour la douche où m'attendait l'eau tiède minutieusement préparée par ma mère. Sans son mélange avec de l'eau chaude, j'aurais eu du mal à supporter la fraîcheur de celle recueillie depuis la veille au soir, au puits. De retour dans ma chambre, je trouvai posée sur le lit la robe neuve que papa m'avait envoyée du Gabon. Ma petite sœur, dans les bras de Morphée, avait posé une jambe dessus. Je faillis la réveiller en dégageant énergiquement mon habit de nouvelle écolière.

Avant de m'habiller, je m'enduisis le corps avec l'eau bénite que maman m'avait présentée dans une calebasse. Après que j'eus fini de prier, ma mère me fit agenouiller près d'un encensoir dans lequel se consumait une poudre bénite. L'odeur désagréable de la fumée gênait ma respiration. Elle m'attacha ensuite des amulettes autour de la taille et une autre, très petite, dans la chevelure.

Je pris mon petit-déjeuner dans la cour. C'était un grand verre de lait frais contenant un peu de couscous sec. L'hivernage nous avait tourné le dos, mais les mamelles de nos vaches étaient encore remplies du précieux liquide blanc. Ma famille paternelle possédait un troupeau d'une centaine de têtes.

Ma grande sœur, bien habillée elle aussi, me prit par la main puis nous nous hâtâmes enfin vers l'institution scolaire. Elle se situait hors du village, entre ce dernier et le cimetière. C'était la coutume dans notre région : «le mystère, l'inconnu, la mort, la civilisation étrangère loin de nos habitations». Sur le chemin, certains manifestèrent leur surprise. Ils n'en revenaient pas. Une petite fille de Thierno Silèye Diallo fréquenter l'école française? Pour eux, il y avait de quoi faire bouger feu le grand marabout dans sa tombe.

Dans la cour de l'école, nous ne savions devant quelle salle de classe nous mettre. Ma grande-sœur, après un moment de réflexion, m'entraîna vers un groupe d'enfants de mon âge. Nous n'avions pas attendu longtemps lorsque le maître du cours d'initiation se mit sur le seuil de la salle de classe puis procéda à l'appel. Dieynaba et moi fûmes étonnées de n'avoir pas entendu mon nom. Nous nous approchâmes de l'instituteur. Il parcourut plusieurs fois sa liste. Point de Mamy Diallo! Dieynaba jura que ma mère m'avait inscrite depuis le mois de mai de l'année scolaire précédente.

L'instituteur vérifia les extraits de naissance des élèves nouvellement inscrits. Il nous intima l'ordre d'aller remplir les formalités d'inscription à la direction. Je m'assis sur un des bancs de la cour pour attendre Dieynaba partie prévenir ma mère. De loin, je remarquai que cette dernière en voulait à ma sœur. Elle était furieuse : «Où as-tu vu quelqu'un s'appeler Mamy? Tu ne sais même pas que ta sœur s'appelle Assouma», dit ma mère quand elles parvinrent à ma hauteur. Elle se présenta à Monsieur Watara qui affirma avoir répété mon nom plusieurs fois et que personne n'avait répondu. Maman lui expliqua que Dieynaba et moi ne connaissions que mon surnom.

Je pouvais enfin pénétrer dans la salle. Il y avait trois rangées de tables-bancs. M. Watara m'installa dans celle du milieu. Il nous distribua la liste des fournitures à acheter. J'ouvris mon sac et lui montrai celles que mon père m'avait envoyées de Libreville. Le maître m'affirma que de tout ce qu'il y avait dans le sac, seuls l'ardoise, les stylos bleu et vert, l'éponge, la règle en bois et le crayon noir pouvaient me servir au CI. Le livre de lecture était peut-être au programme au Gabon, mais pas au Sénégal. Je pouvais cependant l'utiliser à la maison. Ces événements avaient aidé le maître à retenir mon nom. Avec d'autres, il avait toujours besoin de se faire rafraîchir la mémoire.

Les cours en cette première année à l'école élémentaire se déroulèrent normalement. Ma mère manifesta de la fierté quand elle m'entendit reprendre les répliques du dialogue mémorisées en classe. Elle expliqua ma bonne mémoire par le fait que j'avais appris le Coran jusqu'à la sourate «Amayata». Mon maître, lui, avait remarqué mon avance sur les autres élèves. Avant la fin de l'année scolaire, je savais déjà compter jusqu'à cent, décompter et écrire tous ces nombres en chiffres et en lettres. L'addition, la soustraction et la multiplication avec ou sans retenue n'avaient plus de secret pour moi. Je me retrouvai ainsi première de la classe à l'issue des trois évaluations trimestrielles. M. Watara proposa mon passage au cours élémentaire première année (CE1). Selon lui, je pouvais me passer du cours préparatoire (CP). Mon père, très fier de sa nouvelle intellectuelle, m'envoya des cadeaux de toutes sortes.

Je passai les vacances partagée entre les occupations ménagères et les travaux champêtres. Ma mère, sa coépouse et les femmes de mes oncles paternels préparaient le repas à tour de rôle, chacune trois jours. Vu la quantité de nourriture à préparer, je ne pouvais guère m'en occuper de bout en bout. Assise sur un petit banc en bois, j'épluchais les légumes, nettoyais le poisson et donnais à ma mère le petit matériel dont elle avait souvent besoin. En début d'hivernage mon travail au champ n'était pas difficile. Pendant les semailles, par exemple, je tenais une calebasse de mil et suivais ma mère qui se retournait au besoin pour en saisir une poignée. C'était à la fin de la saison des pluies que la tâche s'avérait plus ardue. Dans tous les champs, les enfants étaient chargés de chasser les mange-mil. Nous grimpions sur des monticules érigés par les hommes du village. Dessus, nous attendions de pied ferme les oiseaux dévastateurs comme des soldats vietnamiens les Yankees américains. Point de répit jusqu'à ce que la récolte eût lieu. Seul le mil sorgho était cultivé dans la zone. Quelques rares fois, l'arachide, le maïs ou le niébé occupaient une petite portion du champ. La culture de l'oseille se pratiquait de façon permanente, jusque dans les moindres espaces vides des concessions ou entre les pieds de mil. Les feuilles d'oseille bouillies et transformées en une pâte verdâtre renforçaient les vertus des plats les plus prisés du pays. Pendant cette période post-hivernale, notre bétail était beau à voir. Nul mouton, nulle chèvre, nul bœuf, nul cheval, nul âne dont un élément du squelette s'offrait au regard. Le niveau de l'eau s'élevait dans les puits, puits modernes et puits traditionnels. Les puits traditionnels étaient de gigantesques trous creusés à l'arrière du village. Ils pouvaient mesurer jusqu'à plus de trois mètres de diamètre et quatre à cinq mètres de profondeur. Leur forme était conique, avec la base dirigée vers le haut. L'eau y avait une coloration marron due certainement au sol argileux. Les vieillards, très conservateurs, la préféraient de loin à celle du puits moderne ou celle du forage. Rien que le seul fait d'observer cette eau me donnait la nausée. Elle contenait parfois des grenouilles qui coassaient sans cesse.

La rentrée scolaire était signe de délivrance pour les élèves. Les oiseaux qui avaient fini de s'habituer à nos voix enfantines faisaient désormais face à celles plus effrayantes des adultes.

En classe, je m'étais faite une nouvelle amie. Reissa et moi partagions le même table-banc. Ensemble, elle et moi découvrîmes l'histoire, la géographie et les sciences. M. Watara avait toujours ses mêmes élèves au CP. En fin d'année, Reissa et moi fûmes autorisées à passer au CE2. J'étais classée première et Reissa quatrième.

En classe de CM1, un malheureux événement m'avait profondément affectée. Mon amie s'étant absentée pendant deux jours, je décidai d'aller aux nouvelles, après la classe. Je la trouvai couchée dans le lit de sa mère. Celle-ci faisait tout pour la calmer, mais en vain. Elle pleurait à chaudes larmes. J'avais mis presque un quart d'heure pour n'obtenir d'elle que quatre seuls mots.

— Je vais me tuer, dit-elle avec un air déterminé.

J'eus alors très peur. Ma meilleure amie, se tuer ? Il devait se passer quelque chose de grave. Je m'approchai d'elle, pris ses bras puis dégageai son visage afin de la regarder dans les yeux.

— Hé ! Reissa, regarde-moi dans les yeux, lui ordonnai-je, explique-nous ce qui se passe.

— Vous expliquer ce qui se passe ? cria-t-elle en interrogeant sa mère du regard. T'expliquer à toi ? Oui ! Pour ma mère, cela n'en vaut pas la peine puisque c'est elle qui a tout manigancé avec mon père. Ils veulent me donner en mariage et interrompre mes études.

— Ne m'accuse pas à tort, coupa la mère. Ton père a accordé ta main à ton cousin Ismaël alors que tu n'avais que quatre ans. Après un long séjour en Italie, ton futur mari revient pour célébrer vos noces. Que puis-je y faire ? Tu as douze ans. C'est à cet âge que j'ai été livrée à mon mari, ton père.

Au fur et à mesure que sa mère parlait, Reissa pleurait avec davantage d'ardeur. Je savais que nous ne pouvions rien tenter contre la volonté de ses parents. Chez nous, il était de coutume de marier les jeunes filles et les « livrer » à leur mari dès douze, treize ou quatorze ans. Était considérée comme retardataire toute fille mariée à seize ou dix-sept ans. Après avoir essayé, en vain, de la calmer, je quittai mon amie en songeant à mon propre sort. Échapperai-je à la règle ? Une idée venait d'effleurer mon esprit. Mais oui, je pouvais demander à ma mère si j'étais la promise de quelqu'un. Je serais ainsi fixée sur mon sort. La seule idée de me savoir déjà destinée à un homme me donna la frousse. Mes études n'auraient sans doute plus de chance d'aboutir. Depuis l'ouverture de notre école en 198.., il n'existait aucune fille mariée ayant réussi à convaincre son époux de la laisser poursuivre ses études. Aucune ! Serait-ce une bonne chose d'évoquer ce sujet avec ma mère ? Je décidai de me taire et de tout mettre en œuvre pour que mon entourage sût à quel point je tenais à mes études.

En classe de CM2, nous travaillâmes de manière acharnée. Point de répit si ce n'étaient le dimanche et quelques jours fériés. C'était le directeur lui-même qui tenait notre classe. Elle comptait treize filles et seize garçons. Toutes les treize obtinrent le CFEE et dix étaient admises à l'entrée en sixième. Les garçons avaient réalisé cinquante pour cent de réussite à l'examen et au concours. Dans ce concours, j'étais la première élève de notre département et la troisième de la région de Sainte-Martine.

Ma mère ne voulut pas m'autoriser à prendre part à la colonie de vacances organisée dans la belle ville balnéaire de Sainte-Martine, au profit des quinze meilleures élèves de la région. Elle devait durer une quinzaine de jours. Tante Molly, sa coépouse, réussit à la convaincre. Cette dernière m'avait accompagnée jusque dans la capitale régionale, promettant de revenir me chercher à la fin de la colonie. Pour la première fois, je séjournais hors de mon village natal. Ce fut une occasion pour moi de côtoyer des non hal-pulaar. Nous contournâmes la barrière linguistique grâce au français, langue officielle du pays. J'y fis la connaissance d'une nouvelle amie, sainte-Martinienne cette fois. Elle s'appelait Marie Djampou. Contrairement à moi, pour la suite de ses études, elle avait le choix entre plusieurs collèges d'enseignement moyen (CEM). Le CEM le plus proche de mon village se trouvait à soixante kilomètres. Marie et moi partagions la même chambre. Le soir, quand tout le monde dormait, elle me rejoignait dans mon lit où nous nous confiions beaucoup de choses. Mon amie vivait avec ses grands-parents paternels, son père et sa mère étant divorcés et séparés. Le père à Seimpeing, la capitale du pays, et la mère dans un autre quartier de Sainte-Martine. Marie affirma m'envier lorsque je lui racontais les retours de mon père du Gabon, le visage rayonnant de ma mère, mon bonheur extrême… Elle, elle avait du mal à se remémorer les quelques moments de bonheur qu'elle avait eu à partager avec ses deux parents, étant très petite à l'époque. Moi, je l'enviais parce qu'elle avait la certitude de poursuivre ses études. Je n'avais de cesse de prier Dieu de guider la volonté de mes parents en faveur de la poursuite de mes études.

À Yabouciré, ma mère montra à quel point elle était impatiente de me voir revenir. Mise à part la nostalgie, elle avait quatre lettres non encore lues dans sa malle. Je n'avais même pas encore pris un bain quand elle se présenta devant moi pour me les faire lire. Je me pliai à son désir. La lettre de mon père n'avait rien d'extraor-dinaire. Les salamalecs habituels puis venait l'éternelle formule qui consistait à rassurer sur son état de santé et à s'enquérir de celui des habitants de Yabouciré. Dans la seule partie qui me concernait, il avait fait écrire : «Tu es maintenant convaincue de ce que je te disais ? Notre fille est une vraie gagnante. Je suis fier d'elle». C'était rassurant. A priori, la seconde lettre écrite par un oncle maternel depuis la Côte-d'Ivoire ne présentait aucun intérêt pour moi. Je l'ouvris avec nonchalance. Cette missive contenait pourtant des mots qui allaient m'empêcher de dormir. Elle disait en partie ceci : «… mon fils Mody DIA est maintenant âgé de vingt-sept ans. Il s'est fait une petite fortune en Italie. Assouma aussi est assez grande maintenant. Nous nous devons de célébrer leur mariage». Je n'arrivais plus à déchiffrer les lignes horizontales tracées par le stylo à bille. Mes yeux étaient pleins de larmes. Mes mains tremblaient. Je jetai toutes les lettres par terre puis me mis ventre contre le lit. Maman ne dit rien. Elle me tourna le dos après avoir ramassé furtivement feuilles de papier et enveloppes. Sans bain ni dîner, je me couchai vêtue des habits avec lesquels j'avais voyagé. Mon amie Marie devait avoir reçu un accueil bien plus agréable que le mien. Les jours passèrent et ma mère n'évoqua point, en tout cas pas en ma présence, le contenu de la fameuse lettre.

Cette nuit-là, pendant que le village dormait dans une nuit précoce, j'entendis un bruit de moteur dans notre concession. Il n'était pas encore vingt et une heures. L'absence de lune dans le ciel et d'électricité dans les concessions avait obligé les habitants à se coucher très tôt. N'eussent été les phares de la 505 Peugeot familiale, je n'aurais pu distinguer le moindre objet. À ma vue, mon père courut, me souleva puis me serra fortement contre lui.

— Dis donc, comme tu as grandi entre temps, lança-t-il essoufflé. Rien que trois années d'absence, trois petites années et je ne peux plus soulever ma fille adorée.

— Baaba ! Baaba ! Ne cessai-je de m'exclamer.

Les paroles de mon père avaient brisé mon élan. Mais oui, il devait faire partie de la combine. Cela ne pouvait être qu'un signe annonciateur de la grande décision qu'il allait prendre. Ma mère sortit de sa chambre, un pot d'eau à la main. Elle s'agenouilla devant son mari avant de lui tendre le liquide précieux. L'homme barbu de cinquante-quatre ans but d'un trait le litre d'eau.

Le lendemain mon père avait remarqué que malgré tous ses cadeaux, je ne présentais pas une bonne mine. Ses nombreuses questions demeurèrent sans réponse. Je ne voulais pas évoquer la chose la première. Et pourtant elle me préoccupait tant.

Ce jour-là, en pleine nuit, mon sommeil fut perturbé par un bruit de voix venu de la chambre de ma mère.

— Ce n'est pas d'un refus qu'il s'agit là. Ils n'ont qu'à permettre à ma fille de terminer ses études. Tu sais pertinemment qu'une fois le mariage célébré, elles seront interrompues, expliqua calmement mon père. Je t'ai toujours demandé de ne pas trop tenir compte des qu'en-dira-t-on. Ma fille a la chance de réussir. Je ne permettrai jamais qu'elle soit freinée dans son élan.

Mon père parla encore pendant de longues minutes sans réussir à convaincre ma mère. J'étais heureuse que mon père eût plaidé en ma faveur, mais anxieuse pour ma malheureuse mère. Elle se montra désormais très désagréable à mon égard. Je finis par devenir nostalgique de ses câlins. Elle regrettait déjà toutes les actions qu'elle avait menées pour la bonne marche de mes études. Que ne furent alors sa tristesse et sa désolation quand, valise à la main, je m'apprêtais à regagner Sainte-Martine pour mes études moyennes. Je ne pouvais m'empêcher de pleurer. C'était l'être auquel je tenais le plus. J'étais persuadée que notre complicité, après cette période d'incompréhension, reprendrait le dessus.

— Prends bien soin de toi, ma chérie. Que Dieu te protège, avait-elle dit.

Mon père m'arracha de son étreinte. Le taxi qu'il avait loué s'éloigna de notre concession. Je ne cessai de me retourner pour voir ma pauvre mère exécuter continuellement un signe d'au revoir.

II

La maison de tante Adjiba se trouvait à un quart d'heure de marche du lycée Roosevelt. Elle était l'épouse de Tonton Souleymane, un ami et collègue de mon père au Gabon. Il avait rassuré mon père quant à la bonne marche de mes études, une fois installée chez lui.

Au lycée, j'avais du mal à m'inscrire. De longues files indiennes s'étaient formées çà et là. Je me sentais toute petite au milieu de ces grands élèves qui ne manquaient pas de me bousculer au passage. Je n'avais jamais pu me douter auparavant de l'existence d'une aussi grande école. La superficie de cet établissement, moyen et secondaire réunis, faisait une dizaine de fois celle de mon ancienne école. Aucune connaissance en vue !

Les jours passaient. Des mois en sixième et point de camarade de classe. On eut cru que je n'intéressais personne. Ce ne fut qu'au mois de mars que les élèves avaient enfin daigné remarquer mon existence. Ma première place à l'issue des évaluations du premier semestre avait attiré l'attention de plus d'un. Ma moyenne de 16,86 était la meilleure du lycée. Dès la publication des

29

résultats, mon suivant immédiat, Charles, se lia d'amitié avec moi. Il habitait non loin de chez tante Adjiba. Celle-ci m'avait beaucoup félicité. De ses deux garçons et trois filles, seule la cadette Mélanie, avait obtenu un bon résultat. Pour les inciter au travail, la mère n'avait alors de cesse de me citer en exemple.

Au cours du second semestre, je ne me rendais plus compte de la monotonie qui régnait jadis sur le chemin de l'école. Charles, Mélanie et moi ne parvenions généralement pas à épuiser notre sujet de conversation lorsque le lycée émergeait subitement sous nos yeux.

Le vendredi de Pâques, Charles nous invita à déjeuner chez lui. Quelques élèves avaient effectué le déplacement. Mélanie et moi étions de la partie. Les parents de Charles, en bons chrétiens, nous avaient réservé un accueil chaleureux. Pendant les différentes fêtes musulmanes, nous avions invité Charles à partager notre repas. Il avait fini par devenir comme un frère. Ses gâteaux et bonbons pendant la récréation, un nounours le jour de mon anniversaire de même que ses conseils m'étaient d'une très grande utilité. Nous fûmes tous deux primés en fin d'année scolaire. J'étais la meilleure élève de sixième de Roosevelt.

Après cette consécration, j'avais hâte de retrouver ma mère. Elle me manquait énormément et j'étais également pressée de lui confirmer qu'elle pouvait compter sur la réussite de sa fille. Un seul regret : j'allais rester pendant presque trois mois sans voir Charles et Mélanie. Nous nous étions promis de nous écrire. Avant mon départ pour Yabouciré, j'avais réussi à retrouver les grands-parents de Marie Djampou. Ils m'avaient appris qu'elle vivait désormais avec son père à Seimpeing, la capitale.

À Yabouciré, mon amie Reissa était très heureuse de me revoir. Elle demeura ma seule amie au village, malgré l'hostilité de maman à cette relation. «Une jeune fille pucelle ne fréquente pas une femme mariée», avait-elle l'habitude de répéter.

Certains villageois m'attribuaient le surnom de «toubab» à cause de ma manière de penser et mon goût vestimentaire. Mes robes et jupes évasées constituaient une exception, comparées au pagne séculaire qui régnait en maître dans le milieu. Il m'arrivait souvent de réclamer le silence au passage du journal télévisé ou de m'isoler pour lire un roman. D'aucuns me trouvaient bizarre. De toutes les filles de mon ancienne classe de CM2, j'étais la seule à avoir la chance de poursuivre les études. Si Reissa avait manifesté sa joie pour mes excellents résultats scolaires, maman, elle, semblait être de marbre. Elle devait se dire, ce qui est pertinent d'ailleurs, que mes exploits scolaires ne feraient que retarder sinon compromettre son sacré projet de mariage.

Ma déception fut grande lorsqu'un marabout me convoqua chez lui pour me confier que ma mère l'avait sollicité pour l'obtention d'un talisman qui, porté en permanence sur mon corps, freinerait toute ardeur pour les études. Il me remit un gri-gri d'aspect identique à celui reçu par maman. Quand j'avais demandé au marabout le motif de son soutien à mon endroit, il s'était contenté de rétorquer : «Allah encourage la recherche perpétuelle du savoir. Il abhorre l'ignorance».

Maman ne tarda pas à me remettre son talisman. Elle reprit même ses anciennes actions de mère attentionnée, parce que convaincue de l'atteinte prochaine de son objectif. Cela ne me rendait plus aussi heureuse qu'auparavant. Aussi, m'acquittai-je très bien de mon rôle tel que défini par le marabout, Thierno Aboubacar : tout faire pour donner à maman l'impression que son talisman fonctionne parfaitement, même si c'était un autre que j'avais autour de la taille. Ces événements n'avaient en rien altéré le respect et l'amour que j'éprouvais pour elle.

Je fus atteinte de paludisme au cours du mois de septembre. Pourtant mon lit était toujours couvert d'une moustiquaire. Les moustiques foisonnaient dès la disparition de l'astre diurne. Cette maladie avait failli avoir raison de moi. Les abondantes précipitations du mois d'août ayant rendu impraticables toutes les issues menant au dispensaire, ma mère s'était contentée de m'administrer des comprimés de chloroquine. Il n'y avait aucun effet de soulagement. La situation requérait des injections. Le sommeil et l'appétit m'avaient faussé compagnie. Les taxis-brousse et charrettes ne pouvaient sortir du village ; mon oncle Fadel me porta sur le dos. Après sept kilomètres de marche entrecoupée de repos sous quelque arbre, nous parvînmes au dispensaire. L'infirmière-chef de poste me retint pendant trois jours afin que je puisse recevoir tous les soins nécessaires sans d'incessants déplacements. Je sortis de cette maladie très affectée, surtout physiquement.

L'année de la cinquième fut bien différente de celle précédente. J'étais désormais connue de la plupart des élèves. Presque tous me manifestèrent de la sympathie. Cela me mit beaucoup plus en confiance. J'arrivais à peine à m'exprimer en bafoulé, langue nationale la plus parlée dans notre pays. Les échanges avec les autres constituaient ainsi un excellent support pédagogique : parler français était une obligation pour tous. L'appui de Charles, les encouragements de Mélanie et ceux de mon père me permirent de confirmer ma suprématie sur tous les élèves de cinquième.

Pendant les vacances, mes activités au village n'avaient guère changé. Comme à l'accoutumée, les champs et la cuisine se substituèrent à la classe. Un grand malheur a frappé mon amie Reissa. Son mari avait succombé à une longue maladie. Mon séjour était triste. Je partageai son chagrin : à seize ans, elle s'était retrouvée veuve et mère d'une fillette de deux ans. Cela n'avait pas du tout découragé ma mère qui n'avait de cesse, dès que l'occasion se présentait, de faire allusion à mon futur mariage. Peu de temps après cet événement douloureux, mon oncle Fadel me convoqua chez lui.

— Je te prie d'obéir à ta mère, avait-il dit. Tu peux te marier et poursuivre tes études. Il suffit que tu sois d'accord pour que ton père cède à notre pression. Il ne veut rien entreprendre contre ton gré.

— «Kaw», permettez-moi de terminer mes études d'abord.

—Tu risques de donner raison à ceux qui se sont toujours opposés à l'école française. Ils expliquent ton caractère difficile par ton instruction sommaire. D'aucuns soutiennent que le pire reste à venir, que nul n'osera t'approcher après le BFEM et le bac.

— «Kaw», si mon cousin Mody Dia me sied comme mari, ce ne sont pas des diplômes qui m'éloigneront de lui.

Les explications et supplications de mon oncle demeurèrent vaines.

Mélanie obtint son BFEM au grand bonheur de tante Adjiba. Moi, j'étais autorisée à passer en classe de troisième. À l'approche de l'examen, nous étions allés au centre médico-scolaire pour y subir une visite et une contre-visite médicales. Des élèves d'autres écoles étaient présents sur les lieux. À la sortie du bureau du médecin, j'aperçus un visage familier : celui de Marie. Nous étions toutes les deux, pendant quelques secondes, sous l'effet de la surprise. Après nous être regardées mutuellement, immobiles, chacune courut à la rencontre de l'autre. Nous nous enlaçâmes sous les regards curieux de nos camarades.

— Ce n'est pas possible ! Toi, Assouma, à Sainte-Martine ? dit Marie. Qu'est-ce que tu fais ici ?

— Je suis à Sainte-Martine depuis la classe de sixième. Tu dois te présenter au BFEM ? Tes grands-parents m'avaient dit que tu vivais chez ton père à Seimpeing.

— Dès après notre colonie de vacances, mon père

m'avait fait transférer dans un lycée de la capitale. Je suis revenue cette année à Sainte-Martine pour y passer mon BFEM.

Après cette rencontre, Marie et moi nous étions revues plusieurs fois. Le BFEM en poche, ma vie au village était devenue insupportable. Les jeunes filles de mon âge me considérèrent désormais comme une étrangère. Maman se montra plus que jamais déterminée à en finir avec mes études. Je me sentis isolée. Reissa était la seule villageoise sur qui je pouvais compter. Elle était très attentive à mes problèmes, mais ne pouvait m'être d'aucun secours. Elle avait perdu tout espoir dans la vie. Dans nos villages, il était presque impossible qu'une veuve ou divorcée-mère eût la chance de convoler en secondes noces. Nombreux étaient ceux qui soutenaient que Reissa avait la guigne, cause pour laquelle, disaient-ils, son époux mourut à la fleur de l'âge.

Il venait de faire nuit, je remarquai un incessant va-et-vient dans notre concession. Mes oncles et d'autres hommes entraient et sortaient. Je me demandai même s'ils n'étaient pas en train de fomenter un complot contre moi. Ces doutes se dissipèrent et firent place à une peur bleue lorsque, de sa chambre, ma mère se mit à pleurer en hurlant de toutes ses forces. À sa voix s'ajoutèrent immédiatement après celle de sa co-épouse puis celle des femmes accourues de tous les coins du village. La peur et la stupeur firent que je demeurai là, sur place, sans broncher. Le haut-parleur de la mosquée annonça l'affreuse nouvelle : mon père était décédé au Gabon. La dépouille mortelle devait arriver au village quatre jours plus tard. Jusqu'au moment où je vous parle, je ne peux toujours dire pourquoi, à l'annonce de ce malheur, j'étais restée figée sur place, incapable même de pleurer. Une chose était certaine : cardiaque, je n'aurais pas su résister à ce terrible choc. Pendant que de nombreuses femmes pleuraient dans la cour de notre concession, je m'assis sur mon lit essayant de me persuader qu'il s'agissait bel et bien d'un rêve. Après que tout le monde se fut tu, quelques larmes avaient commencé à s'échapper de mes yeux. Mon attitude avait sans nul doute étonné plus d'un. J'étais pourtant persuadée d'être la plus grande perdante de ce décès. C'étaient mes neuf années d'acquisitions scolaires qui risquaient de s'affaisser comme bâtisse vermoulue. Mon père, de retour à Yabouciré, avait bénéficié de tout le cérémonial religieux dont pouvait rêver tout bon musulman.

Nous sommes en fin septembre et personne ne parla de mon retour à Sainte-Martine. Je ne demandai rien à ma mère de peur de connaître sa décision qui semblait pourtant évidente.

Le deux octobre de cette année demeure l'un des jours les plus odieux de ma vie. Mes documents scolaires avaient disparu. Je les demandai à ma mère. Sans le vouloir, je venais ainsi de commettre l'acte tant évité : offrir à maman l'occasion de reparler de mon mariage.

— Tu peux les oublier, tes livres et cahiers. Ils ne te serviront plus à grand-chose, avait-elle brandi.

— Ne fais pas cela, maman ! Je vais me tuer si vous me mariez par contrainte.

Sa réaction silencieuse me certifia que les mots «me tuer» n'avaient pas produit l'effet escompté. Ma mère ne dit mot, se concentrant davantage sur les perles de son chapelet qui produisaient un bruit à intervalle de temps régulier. Après le décès de son mari, la femme musulmane se doit d'observer quatre mois et dix jours de veuvage. Pendant cette période, elle ne doit cesser de prier pour son défunt mari. Par son silence, maman venait de me montrer qu'elle avait plus important à faire. Pour ne pas souiller les paroles sacrées devant venir en aide à mon père, je me tus, me levai pour laisser ma mère seule dans sa chambre.

Aux lettres de Charles, de Marie et de Mélanie, j'avais répondu en leur faisant part de mon inquiétude. Tous m'avaient encouragée à rester optimiste. Cet optimisme forcé se dissipa le jour où mes oncles, mes tantes, ma mère et sa coépouse s'étaient réunis en conseil de famille. Conseil dont la principale résolution était : «Cette fille sera mariée de gré ou de force».

Ce jour même, j'attendis que ma mère allât prendre l'air dans la cour pour ouvrir, dans sa chambre, la malle où elle gardait son argent et ses objets de valeur. J'en retirai trois billets de dix mille francs CFA sans savoir s'ils pourraient financer mon plan d'urgence. Je fis ensuite comme si de rien n'était, attendant la tombée de la nuit. Après le dîner, à l'heure où j'avais l'habitude d'aller au lit, je pris mon sac d'écolier, y introduisis deux habits de rechange et quelques accessoires. Habillée d'un pantalon Jean, d'un tee-shirt et d'une paire de baskets, le sac au dos, je pénétrai dans la chambre personnelle de mon père, en ouvris la fenêtre, montai sur le lit et me retrouvai en l'espace de quelques secondes à l'arrière de notre concession. On pouvait dire que Dieu était de mon côté. La lune était absente et quelques amas de nuages avaient réduit les étoiles à de simples veilleuses. Je m'assurai qu'il n'y avait personne dans les parages. Personne en vue ! Pouvait maintenant commencer la longue marche nocturne de trois kilomètres devant me mener au goudron. Quelle audace ! Une jeune fille de seize ans, seule dans cette nature obscure, à vingt heures passées. J'atteignis le bitume un peu après vingt et une heures et obtins, au bout d'une demi-heure d'attente, un car en partance pour Seimpeing, la capitale. Nous n'avions pas encore bouclé la centaine de kilomètres lorsque je m'étais endormie. La longueur totale du trajet était de cinq cents kilomètres.

III

Nous arrivâmes à Seimpeing vers neuf heures du matin. À la descente du car, je sortis une des lettres de Marie Djampou pour lire à un chauffeur de taxi ma destination précise.

— N'as-tu pas vu la sonnerie pour taper aussi fort à la porte ? se plaignit la jeune dame venue m'ouvrir.

— Excusez-moi, madame. Je ne l'avais pas remarquée. C'est ici qu'habite Marie Djampou ?

— Oui. Que lui veux-tu ?

— Je suis son amie Assouma DIALLO…

— Celle à qui elle écrivait à Yabouciré.

Entendre le nom de mon village de la bouche de cette inconnue m'avait réconforté.

— Oui !

— Entre. Je vais la réveiller.

Je pénétrai dans un vaste et beau salon puis m'installai dans un canapé. L'attente fut longue, mais pas ennuyeuse. Mon attention était attirée par les beaux ustensiles en porcelaine soigneusement rangés dans un buffet et les tableaux picturaux accrochés aux murs. Marie était déjà arrivée au salon sans que je ne m'en aperçusse. Elle était figée là, à côté de moi, incapable de sortir un mot de sa bouche. Je me levai alors et courus vers elle en sanglots.

— Que se passe-t-il ? put-elle enfin demander. Qu'est-ce que tu fais à Seimpeing ?

— Je me suis enfuie de Yabouciré pour échapper à un mariage forcé.

— Ils ont donc insisté ?

— Oui !

— Arrête de pleurer. Montons à ma chambre. Tu vas prendre un bain et te reposer. Nous reparlerons de tout cela après.

Mon amie s'empara de mon sac puis nous montâmes à l'étage. Là, elle ouvrit une chambre que je jugeai trop grande pour une adolescente de son âge. Sur un grand lit accolé à une coiffeuse étaient posés deux nounours. Une armoire en bois rouge à deux battants tient compagnie à un bureau métallique. Le plancher était recouvert d'une moquette assez épaisse. Pas une seule tache sur les murs dont la couleur beige brillait avec éclat. Une grande horloge surplombait la porte que je venais de franchir. Pas loin de la fenêtre, sur une étagère étaient méticuleusement rangés des manuels et cahiers.

Je me déshabillai avant d'entrer dans la salle de bain contiguë à la chambre de Marie. C'était la première fois que je mettais les pieds dans une baignoire. Elle était parallélépipédique et surplombée, à une extrémité, par un chauffe-eau. J'actionnai la chasse-à-eau démontable et sursautai dès que l'eau chaude eut effleuré ma peau. Après avoir fermé, j'essayai d'utiliser ce qu'il y avait de cartésien dans mon esprit. Deux robinets contigus alimentaient la chasse en eau. L'un était de couleur bleue et l'autre rouge. Celui que je venais d'activer, le rouge, ne pouvait symboliser que la chaleur. J'ouvris alors l'autre et pus enfin me laver tranquillement. Plus tard dans le lit, je n'avais pas mis du temps à m'endormir. L'épais matelas offrait une surface de contact régulière et bien plane, sans la moindre dépression.

Mon sommeil aurait pu durer toute la journée s'il n'y avait pas eu ce maudit songe. Il était vraiment abominable. Mes tantes et oncles m'avaient menée de force dans la chambre nuptiale où attendait mon mari désigné. Mon corps était meurtri de coups de bâton. La porte était barricadée. Je courus d'un coin à l'autre de la chambre poursuivie par mon cousin. Il finit par me rattraper et, avec un geste digne d'un judoka, me projeta dans son lit. J'étais fatiguée et ne pouvais par conséquent lui opposer une quelconque résistance. Ce fut au moment où il allait s'étaler sur mon corps que je sursautai, interrompant ainsi ce maudit périple. Je ne pus me rendormir.

— Je vais demander à Ngoye de te faire une omelette, dit Marie dès qu'elle s'aperçut de mon réveil.

Je ne dis mot. Une certaine anxiété m'habitait. J'avais atterri chez le père de Marie sans prévenir. Quelle allait être sa réaction ?

— Fais comme chez toi, Assouma, dit Marie après m'avoir servi une omelette et un café au lait.

Je mangeai avec enthousiasme, car mon dernier repas remontait à la veille au soir, à vingt-trois heures, au cours du voyage. Après le petit-déjeuner, Marie et moi nous sommes entretenues. Elle n'avait aucune objection à ce que je restasse avec elle. Une seule inquiétude : M. Djampou était absent du territoire national pour six mois. Marie devait-elle me garder au risque de provoquer l'ire de son père ? Sa compassion et son esprit de solidarité l'emportèrent sur sa crainte. Ngoye manifesta son indignation dès que Marie eut fini de lui raconter mon histoire. Elle dit être de notre côté. Ngoye et Marie vivaient seules dans la villa. Un gardien assis à la porte veillait sur elles chaque nuit. Ma présence ne pouvait que leur être bénéfique.

Pour la suite de mes études, une tante de Marie, surveillante dans un grand lycée de la capitale, avait arrangé mon transfert en seconde C. Quel établissement scolaire ne voudrait s'offrir le luxe de compter dans ses rangs une élève de la trempe d'Assouma ? Le démarrage effectif des cours n'ayant eu lieu qu'un mois après l'ouverture officielle, je n'avais raté que quelques leçons faciles à comprendre.

Cette fin d'après-midi du mois de Mai, vers dix-huit heures, je sortis du lycée après deux heures de sciences naturelles. À peine avais-je tourné le dos à l'institution scolaire qu'une main serra fortement la mienne. Surprise, mon réflexe premier était de vouloir m'enfuir. Je ne pus le faire. La force de l'étreinte prit le dessus

sur ma volonté de liberté. Ce ne fut qu'en ce moment
que j'avais songé à identifier l'agresseur. Il s'agissait de
mon cousin Mody DIA. Je me mis à trembler, le regardant tel un pestiféré.

— N'aie pas peur. Je ne te veux aucun mal, tente-t-il
de rassurer.

Sur son visage s'exprimait de la tendresse. Il me
supplia de lui accorder quelques minutes d'entretien.
Je voulus y consentir, mais tout en lui, ou alors tout ce
que m'inspirait sa personne, me commandait de résister. Je profitai de cet instant d'inattention, moment où
il excellait en belles paroles plutôt qu'en force physique, pour me dérober. Il monta dans une belle voiture
garée non loin et me poursuivit au ralenti. Une fois à
ma hauteur, il se pencha de manière imprudente pour
un conducteur et se mit à me parler.

— Assouma, nous sommes de la même génération.
Je pense qu'après un tête-à-tête, nous nous entendrons.
Je suis moi-même contre la méthode médiévale de nos
parents d'unir deux personnes.

Le ton utilisé, la portée de ses paroles et, chose primordiale, le danger auquel s'exposait mon cousin en
conduisant les yeux rivés sur le trottoir, m'obligèrent à
monter dans le véhicule.

— Où m'emmènes-tu maintenant?

— À un endroit où nous pourrons discuter calmement.

— D'accord, mais il faut que je rentre avant le crépuscule.

— Ce ne sera pas long !

Sur ce, la voiture s'engagea dans des rues et avenues que je ne connaissais pas. Peu de temps après, elle s'immobilisa dans un parking en plein air. Mody Dia descendit le premier. J'en fis de même et pus déchiffrer le nom d'un grand hôtel de Seimpeing. Nous dépassâmes le service d'accueil puis nous engageâmes dans un ascenseur qui nous déposa au huitième étage. La chambre qu'occupait mon cousin était d'un luxe extraordinaire. Une chambre comme j'en avais vue dans les séries européennes ou américaines. Une fois installée dans un moelleux fauteuil, Mody Dia m'offrit une cannette de boisson gazeuse. Je me sentis aussitôt bien. L'air conditionné, ce récipient métallique qui me glaçait la main droite, le délicieux liquide qui descendait le long de mon œsophage me firent me sentir au paradis. Mais, chose surprenante, un besoin pressant de sommeil se fit subitement sentir. La cannette à moitié pleine m'échappa alors des doigts. Puis ce fut le noir, un noir absolu.

C'était à peine si j'arrivais à percevoir le son rythmé émanant des bols métalliques sur lesquels des femmes tapaient des mains avec énergie. Ma curiosité avait hâte d'être satisfaite. Cependant quelque chose de crucial en moi était en train de somnoler. Je luttais de toutes mes forces. Lorsqu'enfin mes yeux purent s'entrouvrir, j'entrevis des images à la fois effrayantes et décevantes. Deux de mes tantes, agenouillées, étaient en train de me masser le corps. Du dehors me parvinrent les voix des griots chantant les louanges de mes ancêtres. Ma mère, assise à côté de moi, pleurait de joie en me remerciant d'avoir préservée ma virginité. Tout l'environnement immédiat contrastait d'avec les images de l'hôtel. Je ne savais pas où j'étais et comment on m'y avait menée. Mon « mariage » avait été célébré et consommé à mon insu. Tout avait eu lieu dans la banlieue de Seimpeing, chez une cousine de ma mère. La maison était bondée d'habitants de Yabouciré. Ma situation ne différait en rien de celle d'un honnête chef d'État destitué militairement alors qu'il était en visite officielle dans un pays étranger.

Deux semaines après, de retour à Yabouciré, deux forces invisibles se disputaient ma personne. L'une voulait que je me résignasse. L'autre, plus acerbe, m'incitait à une lutte effrénée pour la poursuite de mes études. Je commençai d'abord par tenter d'amadouer mon « mari ». Au cours de notre première nuit, non virtuelle cette fois, je ne m'opposai pas à ses attouchements et paroles tape-à-l'œil. Mon seul propos avait été : « Laisse-moi poursuivre mes études. Cela ne m'empêchera pas de te rester fidèle. Et puis…. ». Je n'avais pas terminé ma plaidoirie quand mon Mody sortit furtivement du lit pour ensuite disparaître dans la pénombre. Ma seconde tentative d'évasion avait consisté à écrire une lettre pouvant sensibiliser sur ma situation et à l'envoyer à Marie. Sur quatre pages, j'avais résumé le désastre dont j'étais victime et lancé un SOS aux personnes et associations disposées à secourir une jeune fille assoiffée de savoir et d'émancipation. J'avais ensuite chargé mon ami Reissa d'expédier la correspondance.

Trois ou quatre jours après l'envoi de la lettre, alors que j'essayais de deviner la réaction de Marie après lecture, ma mère arriva, une enveloppe à la main. «Tiens et sache que nous ne sommes pas de la dernière pluie. Tes moindres faits et gestes nous sont connus», avait-elle dit. Je ne pus que m'effondrer après identification des deux feuilles que j'avais crues entre les mains de Marie. Plus un espoir à l'horizon! Comment aurais-je pu échapper à ce triste sort? J'avais tout un village à mes trousses. Un village de xénophobes, mais aussi de personnes jalouses de l'éventuelle carrière professionnelle que pourraient me procurer et des diplômes et ma très grande volonté de réussir. Je m'adressai alors à moi et à haute voix : «Résigne-toi, Assouma. Tu ne seras jamais une Mariama BA, une Aminata Sow FALL, une Benazir Bhutto ou une Marie Curie!».

IV

Ce matin, comme c'était souvent le cas, le forage du village était tombé en panne. Pour éviter les longues files d'attente au puits, je m'étais réveillée à l'aube. Armées de deux seaux et de quatre bassines, une de mes belles-sœurs, Rouguiatou, et moi fûmes les premières à arriver à la source semi-artificielle. Elle était profonde d'une trentaine de mètres. Il fallait deux bacs pleins pour remplir un seau et trois seaux pleins pour obtenir une bassine pleine. Le bac était assez grand, mais il fallait tenir compte des pertes d'eau lors de la remontée. Les quatre bassines remplies, nous allions approvisionner les canaris de la concession de ma belle-famille. Par les liens du mariage, ma belle-mère venait d'obtenir en moi deux bras de plus pour l'alléger dans les travaux domestiques. De retour au puits, nous y avions trouvé quatre autres femmes qui s'activaient autour de deux cordes dont il fallait remonter l'autre extrémité attachée au bac. La remontée se faisait tellement vite que chaque femme avait à peine le temps de toucher la corde avant que l'autre ne la saisît. Chaque mouvement était accompagné d'un cri guerrier. Jambes verticales, buste penché vers l'avant, coude à hauteur de la tête, mains accolées à la corde deux centimètres

au-dessus du cuir chevelu, puis un mouvement verti-
cal vers les pieds pour ne hisser le bac que d'un mètre
environ. C'était un travail fastidieux auquel les hommes ne prenaient part que lors des travaux d'intérêt
général : construction ou rénovation de la mosquée,
des murs du cimetière… Dans ces cas-là d'ailleurs, ils
utilisaient des ânes qui tiraient sur la corde.

La recherche d'eau au puits, c'était l'une des rares
occasions dont profitaient les jeunes filles mariées de
mon âge pour m'énerver avec des expressions du genre : « Elle se croyait supérieure à nous. Ce n'est que
maintenant qu'elle s'exerce à ce rituel que nous avons
assimilé il y a une éternité », « Regardez la Toubab noire », « Je ne l'aiderai jamais à porter sa bassine ». Elles
me traitaient de tous les noms d'oiseau. J'encaissais
sans réagir pour ne pas m'abaisser à leur niveau. C'était
pire quand dans ma belle-famille on me qualifiait d'as-
similée, d'hybride. Mon long refus d'épouser Mody Dia
avait fini de provoquer le courroux de plusieurs membres de sa famille. Si ma belle-mère s'estimait heureuse,
ce n'était pas le cas de mon « mari ». Depuis sa réaction
négative de la nuit où je le suppliais de me laisser poursuivre mes études, je ne lui « livrais » plus mon corps. Je
n'avais de cesse de réfléchir pour trouver une échappatoire. Il me fallait une grande inspiration pour cela.
Très rares étaient les moments où j'effectuais seule un
travail sans une belle-sœur ou un beau-frère à côté.
Ma mère, elle, était très heureuse d'avoir honoré sa parole envers son frère aîné. Ses nombreuses questions
trahissaient cependant un souci permanent chez elle :
sa fille parviendrait-elle à se résigner ? Sa seule préoc-

cupation : être heureuse et voir sa fille heureuse. Moi, j'étais persuadée qu'à part les études rien d'autre ne pouvait me rendre heureuse.

Mody retourna en Italie au bout de trois mois de séjour. Plus les jours passaient, plus j'excellais dans la recherche d'issues par lesquelles je pourrais me dérober.

Ce matin-là, je m'étais réveillée avec une idée qui, je croyais, pouvait m'offrir une bonne échappatoire. Un parent assez éloigné faisait construire un nouveau bâtiment dans sa concession familiale. C'étaient des maçons venus de Seimpeing qui effectuaient les travaux. Ils en étaient aux finitions. Comment profiter de leurs deux camions ? Pour cela, je n'avais pas beaucoup cogité. Cette nuit-là, j'avais attendu que tout le village fût au lit pour en sortir. À pas de loup, j'avais traversé la cour de notre concession, sauté le mur de clôture dont la hauteur m'arrivait à peine aux épaules puis m'étais faufilée à travers les ruelles sinueuses du village. Je n'avais pas tardé à arriver dans la maison occupée par les maçons. Tous dormaient à l'exception du chef de chantier, assis sur une chaise au centre de la cour comme s'il montait la garde, humant sans cesse la cigarette bien coincée entre ses dents. Mon apparition subite avait failli le mettre en fuite. Revenu de sa peur, il m'assénait de questions afin de m'identifier et connaître les motifs de cette visite inopinée. Notre discussion avait peu duré, mais j'étais parvenue tout de même à le faire adhérer à mon projet d'évasion. Il était prêt à m'aider, conscient du risque d'être pris pour responsable de ma fuite. Je l'avais rassuré en lui demandant de ne pas s'impliquer personnellement.

Le jour du départ arriva. Les maçons chargèrent tout leur matériel dans l'une des deux camionnettes. Le chef de chantier avait programmé le départ pour la nuit. Je profitai alors de l'obscurité pour monter dans le camion contenant les bagages, attendant avec impatience l'heure du départ. Après une quinzaine de minutes d'attente, je pus enfin entendre les paroles d'à-Dieu formulées de part et d'autre entre ouvriers et villageois. Nous partîmes sans couac. On me fit sortir de ma cachette dès notre arrivée à la route bitumée. Je rejoignis ainsi le chef de chantier assis seul à l'avant avec le chauffeur. Mon sommeil en cours de route fut régulièrement perturbé par les nombreuses secousses provoquées par le mauvais état de la route. Des questions m'assaillaient à chaque réveil : «Marie est-elle toujours à Seimpeing?», «Son père est-il de retour?», «M'acceptera-t-il chez lui?».…

À notre arrivée, le maçon me fit descendre à hauteur d'un garage de taxis, après m'avoir remis quinze mille francs et son numéro de téléphone portable. Il s'appelait Kouassi SIDIBE. Un taxi m'avait permis de regagner rapidement la maison des Djampou. Ngoye était toujours là. Elle m'accueillit à bras ouverts. M. Djampou, lui, était toujours en voyage et Marie à l'école.

Je rendis visite au proviseur de mon lycée après deux jours de repos. Elle affirma avoir regretté, elle et tout son personnel, le départ d'une aussi bonne élève que moi. Marie me paya toutes les fournitures scolaires.

C'était un travail fastidieux de devoir recopier toutes les leçons ratées. Les vacances de Noël me permirent d'être à jour. Deux filles de ma classe m'aidèrent à comprendre quelques leçons difficiles pour un absent au cours magistral. À l'issue des évaluations du premier semestre tenues en début février, je me retrouvai avec une moyenne de douze. Résultat que les professeurs considèrent comme une contre-performance.

Un jour, en plein cours, j'eus un malaise qui m'obligea à quitter le lycée plus tôt que prévu. Ce que j'avais d'abord pris pour un dysfonctionnement passager de l'organisme avait persisté pendant plusieurs jours. Après plusieurs analyses, un gynécologue m'annonça une grossesse de trois mois. Abattue, je mis plusieurs jours avant de me confier à Marie. Elle et Ngoye furent toutes les deux choquées. Je savais que mon « mari » en était l'auteur. Mes amies me conseillèrent d'en parler à notre proviseur. Ce que j'avais du mal à faire. Ce serait rendre mon tablier. « Tôt ou tard, madame le proviseur finira bien par s'en rendre compte. Et, en plus, tu risques de t'offrir en spectacle quand ton corps aura subi des transformations. Il vaut mieux que ce soit toi qui interpelles en premier le proviseur plutôt que le contraire. Tu pourras reprendre tes études à la fin de cette épreuve », avait soutenu Marie.

Dans la souffrance, je remerciai silencieusement Dieu de m'avoir permis d'aller en colonie de vacances il y avait de cela quelques années. Comment aurais-je pu vivre toutes ces épreuves sans Marie à mes côtés ? Mme le proviseur s'était encore une fois offusquée du comportement de ma mère et ses acolytes. Elle réaffirma toute sa disponibilité en cas de besoin. Je pus bénéficier de tous les soins nécessaires dans un centre de santé de la place. Mis à part le calvaire de devoir supporter cet état non désiré, tout allait bien.

Ce matin-là, je m'étais attardée au lit. Ngoye était au marché et Marie à l'école. J'étais obligée de faire ce qui ne m'était pas arrivé jusqu'à ce moment : répondre à la sonnerie d'entrée. Jusqu'à présent, je ne peux toujours pas exprimer ce que j'ai ressenti quand l'homme derrière la porte me dit : «Ouvre la porte. Qui es-tu pour me demander de décliner mon identité dans ma propre maison ? Marie a-t-elle changé de bonne à mon insu ? Où est Ngoye ?» Je restai là, bouche bée. Une fois le portail franchi, l'homme se précipita vers la porte intérieure du garage, l'ouvrit, pénétra à l'intérieur pour ouvrir celle faisant face à la voiture qu'il avait garée sur le trottoir. Une fois la voiture rangée, le père de Marie Djampou m'asséna de questions du genre : «Qui es-tu ?», «Que fais-tu chez moi ?», «Tu dois être une parente à Ngoye ?»

Je ne pouvais toujours pas ouvrir la bouche, me contentant de pleurer.

Ce moment, je l'avais attendu depuis fort longtemps, mais pas de la sorte. Regrettant apparemment la manière dont il s'y était pris, monsieur Djampou me demanda de me calmer avant de monter à sa chambre jamais ouverte en ma présence. Des doutes m'assaillirent. Le maître de céans m'acceptera-t-il chez lui ? À sa descente au salon, il ne me posa aucune autre question.

Je préférais qu'il en fût ainsi. Marie était la mieux placée pour lui fournir des explications. À l'arrivée de Ngoye, ils eurent un assez court échange de paroles. Monsieur semblait attendre de pied ferme sa fille. Il l'appela dans sa chambre dès son arrivée. De l'étage me parvinrent certaines de leurs paroles. Le père parla tellement fort. Le ton de sa voix, son débit de paroles, rien de ce qui émanait de cet homme ne présageait quelque chose de bon pour moi. Il ne faisait pas chaud, mais, moi, je suais à grande eau.

«Fais tes affaires et disparais avant que je ne perde patience», dit M. Djampou qui avait manqué de peu de s'écrouler sur l'escalier dont il avait raté une marche. Je me précipitai alors vers la chambre d'amis. Me souciant peu de la présence de toutes mes affaires, je pris mon sac puis dépassai Marie en pleurs sur mon chemin. Elle avait des paroles de désespoir et son père semblait en faire le cadet de ses soucis.

Une fois hors de la maison, je ne sus quelle direction prendre. Ce fut en ce moment que me vint le souvenir de Kouassi SIDIBE. Je ne l'avais jamais appelé depuis mon arrivée chez les Djampou. C'était à cause de mes soucis permanents. «Daignera-t-il me parler?», me demandai-je. Le papier froissé sur lequel était inscrit le numéro à sept chiffres se trouvait au fond de mon sac. Il me restait six mille francs de l'argent qu'il m'avait offert.

Avec la gentillesse que je lui avais connue depuis Yabouciré, Kouassi était venu me chercher en taxi. Il me présenta à son épouse, à sa mère, à ses deux jeunes frères et à ses trois petites sœurs. Pour sa famille, qui apparemment m'attendait, j'étais la fille du propriétaire de la maison construite à Yabouciré. Kouassi leur dit que j'étais là pour des soins médicaux et que je ne connaissais personne d'autre à Seimpeing. Seule sa femme semblait ne pas y croire. La jalousie avait pris le dessus sur le sens de la solidarité, de l'entraide. Elle n'avait pas tort. Son mari, absent pendant de longs mois de chez eux, venait de recevoir une inconnue qui, chose compromettante d'ailleurs, était enceinte. Elle devait se demander si ce ventre aux proportions démesurées n'était pas l'œuvre de son homme. Pour rendre la thèse de Kouassi crédible, j'étais obligée de sortir de la maison fréquemment, feignant de me rendre à l'hôpital. C'était au cours d'une de ces sorties que me vint l'idée de chercher du travail : faire la bonne. Je faisais alors du porte-à-porte, mais en vain. Mon aspect physique n'encourageait personne à m'engager. Et pourtant, il me fallait obligatoirement gagner de l'argent. La famille Sidibé ne vivait pas dans les mêmes conditions matérielles et financières que celles de Marie. Il ne fallait pas leur ajouter une autre bouche à nourrir. Mais comment faire puisqu'aucun employeur ne voulait de moi ? J'entrepris alors de vendre des cacahuètes à un arrêt de cars de transport en commun, au bord de la chaussée. Kouassi avait bien voulu me faire cadeau de l'argent que je lui avais emprunté comme fonds de commerce. Je refusai catégoriquement en soutenant que c'était juste un prêt à rembourser dès que possible. Je m'alignai donc, à l'arrêt, avec les autres vendeuses bien plus âgées que ma mère. Le plat contenant ma marchandise trônait sur un tabouret. En allant vendre, je dégarnissais ainsi le mobilier déjà obsolète de chez les Sidibé d'un tabouret et d'une chaise. Les autres avaient leur marchandise sur une table. Elles étaient trois et n'avaient d'yeux que pour moi. Essayant de deviner leurs pensées à travers leurs regards, je vis surtout de l'étonnement. «Que vient faire une jeune fille de son âge à cet endroit?», devaient-elles se demander. Elles n'étaient d'ailleurs pas les seules. Les passagers des cars qui s'arrêtaient à ma hauteur m'interrogeaient du regard. Les jeunes filles de mon âge, qui venaient acheter, regardaient à peine du côté du plat. Elles s'intéressaient plus à la vendeuse qu'à ce qu'elle vendait. Les autres vendeuses et moi pûmes faire plus ample connaissance après quelques semaines de vente en commun. Toutes les trois étaient mères de famille et se démenaient comme des diables pour arriver à nourrir la progéniture laissée à la maison. Celle-ci comptait pourtant des adultes chômeurs parce qu'ils étaient analphabètes et non diplômés. Ce fut en tout cas l'argument brandi par deux d'entre elles. L'autre, elle, avait osé avouer que c'était par simple fainéantise que ses enfants étaient désœuvrés. Elle avait soutenu que même sans diplôme un homme valide pouvait toujours trouver un travail de manœuvre dans les multiples chantiers de Seimpeing en construction ou alors celui de docker au niveau du port ou chez les grands commerçants grossistes qui accueillaient plusieurs containers par jour. Elle seule était veuve. Les époux des deux autres étaient à la retraite. C'était un fait commun à Ndoumbélane. L'homme nourrissait bien la famille jusqu'à la retraite. Si aucun de ses enfants n'arrivait à assurer la relève, la femme-mère porterait alors le pantalon fièrement accroché au portail de la maison par son homme. Celui-ci se sentant désormais plus proche de l'au-delà ne fait plus que prier.

Puisque ma clientèle augmentait de jour en jour, je finis par être, comme je le souhaitais, bien utile à la famille Sidibé. Je commençais à garder de petites économies journalières après le remboursement du prêt contracté auprès de Kouassi. Le jour de l'accouchement, je lui avais remis toutes mes économies. Elles s'avérèrent de loin insuffisantes. Kouassi dut encore une fois mettre la main à la poche. Je n'avais cessé de le remercier et de lui promettre un remboursement immédiat dès la reprise de service du tabouret et de la chaise. Ce fut au cours de mon séjour de deux jours à l'hôpital que Kouassi avait expliqué à sa famille les véritables raisons de ma présence à Seimpeing. Sa mère et son épouse me promirent leur soutien. La plus âgée le fit cependant avec un peu de réserve. Responsable morale de la maison des Sidibé depuis le décès de son mari, elle se devait d'être prudente. Marie nous avait rendu visite, ma fille et moi, le jour de notre sortie de l'hôpital? C'était une occasion pour elle de connaître mon nouveau domicile. Le huitième jour après la naissance de ma fille, Marie et Ngoye étaient venues se joindre à la famille de Kouassi pour le baptême. J'attribuai au bébé le prénom de Marie, ma meilleure amie et le nom DIA, celui de son père. Ce baptême n'avait rien à voir avec ce qui se faisait d'habitude à Ndoumbélane. Avec le peu de moyens dont nous disposions, nous ne pouvions nous offrir toutes les festivités d'usage et leurs corollaires.

Dès le deuxième mois après la naissance de Marie DIA, je repris mon petit commerce. Cette fois, pour accroître mes chances de vente, j'allais vers la clientèle. Je pratiquais du porte-à-porte avec mon bébé sur le dos. Maisons, grand-places, ateliers de mécaniciens, chantiers, sortie des établissements scolaires m'accueillaient toutes les après-midi. Je finis par acquérir une certaine notoriété qui faisait que certains munis de leurs pièces de monnaie ne guettaient, à partir de quinze heures, que mon arrivée. Beaucoup se montraient sympathiques. Puisqu'il y a toujours exception aux règles, quelques rares hommes essayaient de me draguer; cela malgré le bébé sur mon dos. «Combien coûte la vendeuse? Elle nous intéresse bien plus que ses beignets et cacahuètes», ne manquaient-ils de me lancer à la figure, sans aucune gêne. Chaque fois que cela s'était produit, j'avais répondu par un silence méprisant que certains comprenaient aussitôt. D'autres, cyniques et coureurs de jupons invétérés, excellaient en paroles désobligeantes.

Mes économies me permirent de payer la somme requise pour l'inscription ainsi que les fournitures scolaires. Je rejoignis alors mon lycée dès la rentrée des classes suivant mon accouchement. L'éloignement du lycée et l'emploi du temps chargé avaient mis fin à mes activités lucratives. Il me fallait prendre un car à l'aller comme au retour. De retour à la maison, je m'occupais d'abord de Marie DIA pour ensuite faire les devoirs scolaires. Après le petit-déjeuner pris au lycée à dix heures, je ne mangeais qu'à la descente, à dix-huit ou dix-neuf heures. Cette situation n'avait duré que le mois d'octobre puisque, sur instruction de Marie Djampou, Ngoye passait désormais vers treize heures pour m'apporter un repas. Je le prenais en classe où le bol bien nettoyé attendait jusqu'au lendemain. Ngoye, en déposant le bol rempli repartait avec celui vide de la veille. Mes deux amies s'exposaient ainsi à la colère de Monsieur Djampou. La plus âgée risquait son emploi et la plus jeune, la confiance et l'amitié de son père. Jusqu'à cette date, ce dernier était la seule personne, en dehors des habitants de Yabouciré, à ne pas me soutenir. Marie lui avait pourtant tout expliqué. Mais son isolationnisme exacerbé, comparable à celui des Américains du début de la Seconde Guerre mondiale avait toujours pris le dessus sur son sens de la solidarité. «Il n'est pas indifférent à ce qui t'arrive. Je le connais mieux que quiconque. Ce n'est que par crainte d'une éventuelle réaction de ta famille qu'il agit de la sorte. Cette attitude lui est dictée moins par indifférence que par autoprotection», avait soutenu Marie qui aimait beaucoup son père.

Les élèves avec qui je partageais la même classe de seconde au cours de mon premier séjour à Seimpeing étaient maintenant en terminale. La dure épreuve imposée par ma famille m'avait ainsi coûté deux années scolaires. Ma fille prenait le lait maternel le matin, le biberon plusieurs fois avant dix-neuf heures. L'allaitement et les difficultés de déplacement m'avaient rendue maigre. C'était une douloureuse expérience. Dormir peu la nuit à cause du bébé, apparemment peu partisan de la logique de Morphée, arriver au lycée le cerveau à moins de cinquante pour cent de ses réelles possibilités et vouloir suivre quatre heures de cours le matin et trois heures l'après-midi. L'idée d'interrompre les études m'effleurait parfois l'esprit. «Courage, ma petite. Tu n'as pas impressionné les gens de Yabouciré jusqu'ici pour ensuite baisser les bras aussi facilement», réagissais-je.

Le plus difficile à supporter pour moi c'était de devoir être entretenue par les Sidibé qui se démenaient comme des diables pour pouvoir se nourrir eux-mêmes. Je vécus donc dans le désarroi total jusqu'au jour où, de retour du lycée, je trouvai le véhicule du papa de Marie stationné devant le domicile des Sidibé. Sa fille et lui m'attendaient à l'intérieur. M. Djampou tenait mon bébé dans ses bras, à la manière d'une mère. Le repas et la douche furent vite pris à cause de la hâte de connaître le motif de cette visite inattendue. «Marie m'a expliqué toute ton histoire. Votre proviseur et une institutrice membre de l'Association des Enseignantes pour la Scolarisation des Filles (A.E.S.F.) m'ont fait état de ton intelligence, ton sérieux et ta hargne de réussir. Je ne peux pas ne pas t'aider alors que tout mon entourage te soutient. Dorénavant, tu peux compter sur moi. Tu peux préparer tes affaires au cours du weekend. Nous reviendrons te chercher dimanche soir. On était le jeudi. Il me restait donc trois journées à passer avec les Sidibé. De la tristesse se lisait sur tous les visages, même sur celui de l'épouse de Kouassi.

Comme prévu, Marie et son père sont venus me chercher le dimanche soir. Toute la famille Sidibé était désolée de me voir partir, mais également ravie de me savoir entre des bras aussi protecteurs que ceux de Monsieur Djampou. Mon espoir avait ainsi ressuscité. Cela s'était fait sentir au lycée où j'étais redevenue très active. Ngoye, mariée depuis sept ans, mais sans enfant, s'occupait de Marie Dia comme s'il s'était agi de sa propre fille. Monsieur Djampou payait son lait, ses habits et ses médicaments quand il fallait en acheter. Non seulement mes chances de réussite dans les études étaient rétablies, mais la bonne cohabitation était de retour chez les Djampou. Ngoye m'a raconté les hostilités qu'avait fait naître mon exclusion de cette maison. Marie et son père avaient même fini par ne plus s'adresser la parole. Mon retour avait donc réconcilié le père et la fille.

Consciente du retard accusé dans mon cursus scolaire, je mis les bouchées doubles pour ne pas redoubler. Madame notre proviseur, les professeurs et mes camarades de classe m'aidèrent dans ce sens. Mes études purent ainsi se poursuivre paisiblement jusqu'à l'obtention du bac, trois années plus tard.

On m'avait orientée dans l'unique Faculté de Médecine du pays. Avec les encouragements de Marie et de son père, je m'inscrivis et pus bénéficier d'une bourse. Je pus ainsi mettre en application les acquisitions antérieures en biologie, en maths, en physique chimie. À cette faculté se rencontraient des jeunes originaires de plusieurs pays africains.

Mes études se déroulèrent correctement, sans embûche, jusqu'à terme. Après plusieurs stages et affectations temporaires dans diverses structures sanitaires, dans la capitale et dans les régions, je pus enfin décrocher mon premier poste de service, en tant que Médecin-chef titulaire, dans une région très éloignée de la capitale.

V

Avant de prendre service, je rendis visite à ma mère, à Yabouciré. Mes craintes au cours du voyage se dissipèrent dès le lendemain de mon arrivée. Mody Dia et quelques dignitaires du village arrivèrent chez ma mère. Contrairement à mes attentes, mon «mari» prit toute l'assistance à témoin pour me libérer des liens du mariage. Sa décision semblait me laisser de marbre. Aucune réaction extérieure ne trahit mes sentiments. Et pourtant, tout mon intérieur jubilait. Lorsque ma mère et moi fûmes seules, je m'agenouillai devant elle pour implorer son pardon. Elle s'inclina alors vers moi pour me prendre dans ses bras. Nous pleurâmes toutes les deux. C'était comme une seconde naissance pour moi. Je retrouvai donc ma mère, celle de mon enfance, et pus à nouveau bénéficier de sa complicité. Avant de prendre congé d'elle, je lui remis la moitié du rappel de salaire qu'on m'avait payé. Elle en distribua une bonne partie aux proches parents et prit le reste. Eux tous prièrent pour moi.

À partir de ce moment, je me vis capable de réussir à toutes les entreprises. Comment ne pas réussir alors même que j'avais tous mes parents, Marie et sa famille de même que les Sidibé à mes côtés? Ce fut un élément stimulateur pour la suite de ma carrière. Mais, en fait, à quoi aspirais-je? N'avais-je pas déjà un emploi bien rémunéré? Ne pouvais-je pas me contenter de ça? Quelque chose en moi, je ne sais quoi exactement, me dit que le meilleur était à venir. Cependant, il me restait un devoir à accomplir, avant de partir, selon ma mère. Elle m'exigea de révéler à Mody Dia l'existence de sa fille, maintenant collégienne dans un établissement de la capitale. Il existait une telle complicité entre elle et Monsieur Djampou qu'elle l'appelait désormais «grand-père».

Maman avait raison. Il était injuste de cacher à un père l'existence de son enfant. Mais ma déception fut grande lorsqu'il l'apprit. Il a manqué de peu de m'insulter. «Ah, ça, c'est la meilleure! Après plus de quinze ans de séparation physique, tu viens m'apprendre maintenant, et rien que maintenant, l'existence d'une adolescente dont je serais le père. Ce n'est sans doute qu'après une vaine recherche d'un père de l'autre côté du pays. Ne compte surtout pas sur moi pour combler ce vide parental», m'avait-il lancé à la figure. Mon «ex-mari» venait ainsi de me conforter sur le bien-fondé de mon refus de rester avec lui. Je quittai alors ma mère en lui promettant de revenir aux prochaines grandes vacances avec sa petite-fille.

Je fus accueillie avec joie par les populations de Bossilaké dont j'étais devenue le médecin-chef départemental. C'était la première fois qu'elles voyaient une femme à ce poste. Les premiers jours, mon logement de fonction ne désemplissait pas. Certains notables à qui j'avais déjà rendu visite venaient à leur tour me souhaiter la bienvenue et formuler des prières. Me sachant sans doute célibataire, des autorités administratives et locales n'avaient pas manqué de vouloir me faire la cour. L'une d'elles s'était même proposée comme accompagnateur dans tous mes déplacements, surtout au moment d'effectuer des achats pour le petit matériel dont j'allais avoir besoin dans le logement situé au sein même de l'hôpital départemental. Bien que j'eusse refusé son argent, cette autorité administrative mit son 4X4 de service à ma disposition. Il était bien plus confortable que la petite et vieille voiture de service qui m'avait été affectée. Ce ne fut que peine perdue, car mes seules préoccupations étaient ma fille restée auprès des Djampou et la bonne prise en charge de mes malades. À mes heures libres, en dehors du sommeil, la lecture et la musique m'accaparèrent. La lecture ! Ah, la lecture ! L'environnement y seyait. Aucun bruit aux alentours de l'hôpital. Je pus ainsi lire *La victoire des vaincus* de Jean Ziegler, Le *Bourgeois Gentilhomme* de Molière, *Madame Bovary* de Gustave Flaubert, *Maïmouna* de Abdoulaye SADJI, *Une vie de boy* de Ferdinand Oyono… La lecture de ses ouvrages suscita en moi l'envie d'écrire. «Mais oui, pourquoi n'y ai-je pas songé plus tôt ?», me demandai-je, prise par d'intenses démangeaisons littéraires. L'idée m'obséda pendant plusieurs jours. Je finis par m'y mettre. Mon manuscrit connut ainsi un état embryonnaire difficile, une enfance assez courte puis atteignit l'âge adulte au bout de mes trois années de service à Bossilaké.

Les séminaires organisés dans la capitale étaient des occasions de rendre visite à ma fille, aux Djampou ainsi qu'aux Sidibé. Séminaires au cours desquels je rencontrais d'anciens camarades étudiants de même que quelques-uns de mes anciens professeurs de la faculté de médecine. C'était d'ailleurs l'un de ces anciens professeurs qui allait devenir par la suite mon époux, celui que j'allais épouser par consentement.

À la fin d'une longue journée de séminaire, alors que j'attendais un taxi devant l'hôtel ayant abrité nos travaux, M. Birama KONATÉ gara sa voiture à ma hauteur et proposa de me «raccompagner» (c'est le terme qu'il avait utilisé). Les numéros de téléphone échangés nous permirent de communiquer en dehors des jours de séminaire, lui à Seimpeing, moi à Bossilaké. Il avait voulu me faire rapprocher de la capitale dès le début de notre relation dont la nature était imprécise. J'avais décliné l'offre, ne voulant pas lui être redevable de quoi que ce soit. Il persista, mais en vain. Quant à mon manuscrit, je l'avais soumis à l'appréciation de deux illustres écrivains, un homme et une femme. Lorsqu'intervint mon affectation à la capitale, j'en étais à la phase de correction. La prise en compte des suggestions m'avait pris une quinzaine de jours. Galvanisée par ces gens de lettres, soutenue par Marie, je déposai le manuscrit auprès de plusieurs maisons d'édition, après l'avoir protégé à l'Agence pour la Défense des Droits d'Auteurs (A.D.D.A.). On m'avait exigé partout où le dépôt avait été effectué au moins cent vingt jours d'attente. Il fallait patienter tout ce temps pour savoir si un des comités de lecture avait trouvé mes écrits dignes d'être publiés.

Au cours de mon premier tête-à-tête avec M. KO-NATÉ, il révéla ses ambitions. Il me trouvait «bien éduquée, intelligente, avec la tête sur les épaules». Mon refus d'être mutée grâce à son intervention l'avait beaucoup séduit. Je sus également qu'il s'était marié à deux reprises et qu'à chaque fois ce fut un échec. Il jura n'avoir jamais eu un mauvais comportement pouvant engendrer la rupture d'une union aussi sacrée. Pour terminer, il me pria de ne pas lui en demander davantage. Car ce serait ouvrir une plaie qui était la cause de son célibat à quarante-six ans. Moi, je le trouvais sympathique. Son ambition ne m'importunait guère même si le cas méritait réflexion. Pouvait-il s'être trompé deux fois en choisissant une conjointe ? Je me promis de ne rien hâter, de prendre le temps de mieux le connaître. Malgré le fait de ne vouloir rien lui devoir, il trouva une préinscription et une bourse étrangère à ma fille qui venait d'obtenir son bac G2. Le père de Marie Djampou avait beaucoup insisté pour que je ne refusasse pas une aussi belle opportunité pour sa petite-fille adorée. J'avais voulu tout de même tenir la promesse faite à ma mère de lui présenter sa petite-fille. M. KONATÉ, Marie Djampou, Marie DIA et moi nous rendîmes à Yabouciré. L'émotion fut grande quand ma mère tint Marie DIA dans ses bras. Ses larmes coulèrent à flots. La forte émotion passée, je procédai aux présentations. Nous fûmes ensuite accueillis avec tous les égards par la famille élargie. Mon ex-belle-mère avait prétexté une visite de courtoisie pour seulement vérifier si ma fille ressemblait à Mody DIA. Elle n'avait pas mis longtemps pour s'en rendre compte : Marie DIA et son père se ressemblaient comme deux gouttes d'eau.

Ce fut en présence de mes oncles et tantes que Birama KONATÉ émit le souhait de se marier avec moi dans un futur proche. Tonton Abdoul, l'aîné de mes oncles, affirma alors que nous ne quitterions pas Yabouciré sans être mariés. Ainsi était célébré notre mariage, dans la sobriété la plus absolue. Tonton Abdoul avait payé lui-même la Cola et n'avait demandé à Birama que la somme requise par la Charia, vingt mille francs environ. Mon mari et professeur me confia plus tard que cet acte de modestie l'avait beaucoup séduit. Au lieu des trois jours prévus au départ de Seimpeing, nous passâmes une semaine à Yabouciré. La veille du départ, une fête avait été organisée en notre honneur. Un bœuf fut tiré de notre bétail familial et immolé. Pour la première fois, Marie DIA, Marie Djampou et mon époux eurent l'occasion de boire du lait trait sous leurs yeux puis chauffé. J'étais enfin heureuse, heureuse d'être mariée à un homme de mon choix, avec la bénédiction de mes parents.

De retour à Seimpeing, mon époux et moi nous établîmes dans sa villa de Ziarna, quartier résidentiel le plus proche du centre-ville. J'allais au travail, au cas où Birama était occupé à autre chose, en bus. Je quittais avant sept heures pour ne revenir qu'après dix-sept heures. La vie de famille n'avait lieu que durant le week-end. Heureusement qu'il n'y avait pas d'enfants dont il fallait s'occuper. Il y avait des jours où je me retrouvais seule à la maison, car mon mari, politicien leader d'un parti d'opposition, partait souvent à des réunions nocturnes. Si ce n'était pas un dîner-débat, c'était un débat télévisé. J'avais décliné toutes les invitations à m'afficher à côté de Birama lors de ces séances dont la plupart étaient médiatisées.

Quant aux relations avec Yabouciré, elles s'étaient beaucoup améliorées. Ma mère nous rendait très souvent visite. Et je faisais désormais partie de ceux à qui on adressait une correspondance pour un soutien financier lorsqu'une manifestation d'intérêt général devait se tenir au village. On comptait beaucoup sur ma disponibilité. Je n'y dérogeais point puisque Yabouciré était la terre de mes ancêtres, cette terre qui m'a vu naître, terre où étaient enterrés mon père et ses ancêtres, terre où ma mère, celle à qui je dois tout, vivait encore. Quant à mon père, je concevais qu'il y était simplement couché, qu'il observait mes moindres faits et gestes. Et sa voix, cette force gutturale qui parcourait ces centaines de kilomètres et que moi seule entendais, me disait : « Montre aux tiens que ton père avait pris la bonne décision en te mettant à l'école et en insistant pour t'y maintenir. Sers ton village de ton mieux. Tout ce que tu auras acquis dans ce monde t'appartient à toi, bien sûr à toi d'abord, mais aussi à ton village ». Je contribuais donc régulièrement aux actions de développement de mon terroir. Les politiciens locaux avaient tellement œuvré pour m'immiscer dans leurs activités ; offre que j'avais toujours déclinée. Adhérer à un parti politique, le manifester, passer tout mon temps à jeter des fleurs à mon leader et à discréditer ceux des autres partis. Je n'étais vraiment pas destinée à cela. Servir mon pays ?

Oui. Et pour cela il n'était pas obligatoire que j'adhérasse à une entité politique. Toutes les tentatives en ce sens restèrent vaines. Au fil des années, ma renommée pour les bonnes actions dépassait les limites de notre village. Chez nous, à Seimpeing, je recevais désormais des habitants des villages voisins de Yabouciré. J'étais devenue, comme l'affirmaient certains de mes parents, « une Mère Teresa du terroir ». Cette aspiration à servir les autres avait fait grandir en moi le désir de trouver un éditeur pour mon roman et obtenir ainsi l'occasion d'être « la voix des sans voix » de ma région, de mon pays voire de mon Afrique. Pour cela, je disposais de toute la jeunesse et de toute l'intelligence requises. Oui, tout en moi s'était subitement mis à prêter beaucoup attention au vécu quotidien du Ndoumbélanais, de l'Africain, de la femme, de l'humain.

Birama, conscient de cette renommée grandissante à Yabouciré et environs, voulut lui aussi m'attirer dans la politique. Il commença à me rendre compte de ses activités, de celles de son comité directeur. Ma mise en garde était constante : « Vas-y et laisse-moi te servir de conseillère, sans m'engager sur le terrain politique. Ne me propose même pas une carte de membre. Prie pour que je sois éditée. J'aurais ainsi mon propre parti qui sera à équidistance de tous les acteurs politiques du pays. Mes analyses, mes conseils, mon point de vue seront objectifs, exempts de toute influence partisane ». Birama finit par respecter mes opinions et me soutint dans toutes les entreprises, et même dans celles de mes proches parents. Ce fut lui qui paya tous les frais afférents à l'organisation de la réception lors du mariage de Marie Djampou. Elle aussi s'était mariée à un collègue de service. Eux deux travaillaient dans deux banques voisines du centre-ville. En effet, après des études de comptabilité et gestion, ma meilleure amie était recrutée dans une banque de la capitale.

Lors d'une réunion de l'opposition tenue chez moi, je fus sollicitée pour la rédaction du procès-verbal. Ce choix traduisait-il une ambition non révélée de m'incorporer de force dans la coalition de l'opposition? Jusqu'à ce jour, je m'étais toujours tenu bien à l'écart du jardin où Birama et ses alliés avaient l'habitude de palabrer parfois pendant de longues heures. Ce qu'ils se disaient devait rester entre eux. De leur réunion ne devait filtrer que ce qu'ils jugeaient nécessaire de communiquer à la presse. Qui étais-je alors pour qu'ils me chargeassent de ce travail? Ils allaient être déçus. Non pas parce qu'ils n'avaient pu réussir à m'embarquer, mais parce qu'ils n'avaient pas obtenu leur procès-verbal. J'avais cessé de prendre note trois quarts d'heure après le démarrage. Ce qu'ils avaient tous remarqué. Quand ils m'en demandèrent la raison, je leur avais répondu ceci : «Je n'ai entendu ici aucun discours objectif. Vous venez de faire l'inventaire des faits saillants de l'actualité nationale. Ne sont mis en exergue que les seuls événements dans lesquels vous trouvez quelque chose à reprocher aux gouvernants. En analysant les causes d'échec, vous n'avez interrogé que la seule action de l'État, pas une seule fois celle des autres acteurs. Ce n'est pas cette attitude que le peuple, votre pays, attend de vous».

À ces paroles, les myopes ôtèrent leurs correcteurs, certains le bonnet de leur cuir chevelu, d'autres se redressèrent. Tous les yeux furent rivés sur moi. Mon mari me prit les feuilles de papier et le stylo avant de m'inviter à prendre congé d'eux. Leur chef de file l'en dissuada : «Mais non, écoutons-la défendre ses idées. Je trouve intéressant le propos de Madame votre épouse», avait-il insisté. Je n'avais même pas attendu que la parole me fût donnée : «Nous qui ne nous adonnons pas à la politique sommes de loin plus nombreux que vous. Nous en avons assez de votre campagne électorale sans trêve. Elle dure toute la vie et pas seulement à l'approche d'élections. Vous, opposants, passez tout votre temps à chercher des poux sur la tête de ceux qui gouvernent. Eux aussi, en guise de réplique, par crainte d'être cloués au pilori, excellent en paroles séduisantes et non en actions concrètes de développement. Nous voulons une opposition responsable qui puisse proposer un programme de développement concurrent à celui du parti au pouvoir. Oui, c'est là l'opposition dont nous avons besoin. Nous vivrons mieux lorsque nous pourrons écouter la radio ou regarder la télévision sans y déceler ces "flèches" que vous n'avez de cesse de vous jeter les uns contre les autres. Ndoumbélane n'appartient pas qu'à vous. L'urgence est ailleurs. Elle est dans la recherche de performances pouvant nous procurer une place respectable dans le cadre de la globalisation. Après des élections, nous devons tous nous unir pour façonner un Ndoumbélane uni, bien armé, à la conquête du monde». Le chef de file de l'opposition me remercia. Je me levai puis disparus par le salon.

Je ne sais toujours pas ce que ces opposants avaient pensé de mon discours. Birama avait fait comme si cet événement n'avait jamais eu lieu. Il n'y avait plus fait allusion. De toute façon, leur avis par rapport à mes opinions m'importait peu. J'étais convaincue de ce que j'avais dit et nul ne pouvait me persuader du contraire. Un grand pan du contenu de mon roman venait ainsi d'être dévoilé. Cela avait redoublé ma hâte de voir ce manuscrit devenir un roman entre les mains de mes concitoyens. Ma patience avait cependant commencé à s'estomper. Car il ne se passait pas une semaine sans qu'on ne vît au journal télévisé une cérémonie de dédicaces organisée en faveur d'un auteur politicien ou d'un écrivain qui s'était autoédité.

Quant aux copies de mon manuscrit déposées au niveau des maisons d'édition, seules deux réponses m'étaient parvenues. L'une jugeait mon écrit acceptable, mais était désolée de ne pouvoir l'éditer, car, disait-elle, je n'étais pas connue des lecteurs. L'autre m'exigea la soustraction de tous les passages traitant de la politique. Ce second éditeur espérait un record de vente, mais redoutait en même temps les représailles du parti au pouvoir depuis quarante-trois ans. Il se rappelait sans doute la fin désastreuse d'écrivains et de journalistes ayant produit des textes défavorables à ces hommes qui dirigeaient Ndoumbélane depuis notre indépendance. Malgré la mise en garde et les conseils de cet éditeur apparemment trop frileux, je tenais à maintenir mes écrits tels quels.

Ma seconde grossesse était pénible à cause de la longue pause. En effet, mon garçon naquit dix-neuf années après Marie DIA. Birama et moi lui attribuâmes le nom de Moustapha, en souvenir de son grand-père paternel.

Dès mon retour de congé de maternité, le père de Marie Djampou me proposa un poste à la Commission nationale autonome des Élections (CNAE) dont il venait d'être nommé vice-président. Le président était un général de l'armée. La mise en place de la CNAE était une exigence des bailleurs de fonds. J'acceptai, pressée de découvrir les réalités électorales. L'élection présidentielle devait se tenir six mois plus tard. Le président sortant, Blaise Aboudi était au pouvoir depuis l'accession du pays à l'indépendance. Il briguait un énième mandat. Le parti de mon époux, le PLN (Parti pour la Libération de Ndoumbélane), et un candidat issu de la société civile essayaient de lui tenir tête. Seul un homme avait osé créer un parti connu de tous et mener ses activités au grand jour. C'était Faustin Ismaël. Il avait d'abord été fidèle compagnon du Président en exercice avant de rompre les amarres, déplorant à tue-tête les manières monarchiques du «père de la Nation». Les autres partis, opérant dans la clandestinité, subissant constamment des représailles, n'osaient pas affronter celui que l'on accusait silencieusement d'être l'auteur de la disparition d'écrivains, de syndicalistes entre autres.

Mon mari était le bras droit de Faustin Ismaël qui avait fait de lui son directeur de campagne. Tous les partis clandestins avaient promis leur soutien au PLN. Selon eux, l'heure de l'alternance politique avait sonné à Ndoumbélane.

Quant à notre rôle au sein du CNAE, il se limitait à un simple arbitrage. Nous devions juste superviser le déroulement du scrutin et, procès verbaux à l'appui, proclamer les résultats provisoires, ceux définitifs étant du ressort de la Cour Constitutionnelle. Certaines grandes puissances et des organisations internationales de défense des droits de l'homme avaient déploré la nomination à un poste aussi décisif d'un général ayant longtemps servi sous les ordres du président-dictateur. Les démembrements de la CNAE étaient les CRAE (Commission Régionale Autonome des Élections) dans les régions, les CDAE (Commission Départementale Autonome des Élections) dans les départements et les CLAE (Commission Locale Autonome des Élections) dans les communautés rurales. Le seul aspect crédible et rassurant de cet organe de supervision était que, contrairement à son président national, les hommes de ses diverses représentations décentralisées inspiraient confiance. Les observateurs nationaux et étrangers leur reconnaissaient à tous une impartialité avérée. À l'image du père de Marie, ils étaient tous d'anciens hauts fonctionnaires d'organismes des Nations-Unies. Ah oui, mon pays avait fourni tant de cerveaux aux instances internationales. Peu d'entre eux avaient effectué leurs études au pays. Beaucoup étaient nés en Occident, fils d'hommes et de femmes ayant fui les affres d'un système dictatorial indescriptible. Ils étaient tous revenus au bercail à la faveur de la chute de nombreux régimes dictatoriaux africains et de l'affaiblissement physique et mental du bourreau de leur père. En effet, la chute du mur de Berlin avait suscité chez beaucoup d'Africains une grande aspiration à la liberté. Non seulement une aspiration, mais également un courage grandissant, démystifiant ainsi l'ancienne figure du dictateur craint de tous. Afin de mieux nous acquitter de notre tâche de contrôle, de supervision, nous bénéficiâmes d'un séminaire de formation au cours duquel l'on nous familiarisa avec le code électoral et, partant, l'organisation du vote. Composition et rôle de chaque membre d'un bureau de vote, manière d'effectuer le dépouillement, notion de bulletin nul, remplissage d'un procès-verbal, nombre d'enveloppes devant quitter un bureau de vote de même que leurs destinations précises n'avaient plus de secret pour moi. À la fin de ce séminaire, la CNAE était allée à son tour dans les différentes régions du pays pour la formation des CRAE, CDAE et CLAE.

VI

Depuis presque deux années, les acteurs politiques ne parlaient que de cette élection présidentielle. Lorsque la campagne électorale débuta, les commentaires allèrent bon train au niveau des marchés, des bureaux, des gares ferroviaires et routières, des cours des établissements scolaires et universitaires, des taxis réguliers et des taxis clandestins, des bus de transport en commun, des salons des maisons. Cette campagne électorale avait réduit au quart la rentabilité des politiciens fonctionnaires de l'État. Des élèves et étudiants retournaient chez eux plus tôt que prévu ou arrivaient à l'établissement plus tard que d'habitude. Le professeur était militant actif et incontournable d'un des partis qui se disputaient le gouvernail de la Nation. Des centaines de malades poireautaient devant les bureaux des rares médecins et infirmiers en service. Des femmes et hommes irrités quittaient les ministères, proférant des insanités de toutes sortes, parce que n'ayant pas trouvé le fonctionnaire bureaucrate à qui ils devaient s'adresser. Bien des secteurs de l'économie nationale fonctionnaient au ralenti. Cette campagne électorale venait de démarrer, mais les politiciens, qu'ils soient de l'opposition ou du parti au pouvoir, l'avaient débuté officieusement il y avait de cela des mois voire des années. Le Président de la République avait procédé à l'inauguration d'une kyrielle de forages et de quelques routes secondaires en milieu rural. Ministres, directeurs généraux de sociétés nationales, députés et autres acolytes des différents candidats quittaient régulièrement la capitale pour rendre visite aux parents et sympathisants du terroir natal, ceux grâce à qui ils occupaient des postes de choix, mais qui les avaient perdus de vue depuis belle lurette. Dans les milieux cultivés comme lors des rencontres des hommes et femmes les plus illettrés, les discussions allaient des propos les plus cartésiens à ceux les plus prolixes. Marabouts et charlatans de tout acabit se frottaient les mains parce que sollicités de toutes parts. Des femmes et des hommes se plaignaient du fait que le conjoint se montrait rarissime au domicile conjugal. De paisibles citoyens voyaient les murs de leur maison, surtout ceux de couleur claire, assaillis par des affiches portant slogans ou portrait et, pire encore, par la peinture indélébile de mots péjoratifs formulés à l'endroit de l'adversaire politique. Les employés des sociétés de nettoiement de la voirie urbaine ne connaissaient plus d'arriérés de salaire. L'éclairage public était on ne peut plus correct. Les syndicalistes virent l'essentiel de leur plate-forme revendicative satisfait. Le salaire des fonctionnaires est viré dans les banques et autres institutions financières dès le vingt-cinq. La seule chaîne de télévision du pays était publique. Ses différentes éditions d'information ne traitaient que des voyages à l'extérieur du chef de l'État, des réalisations du gouvernement et des accords financiers entre Ndoumbélane et les institutions monétaires internationales. Blaise Aboudi et le directeur de cette télé étaient loin d'imaginer que beaucoup de Ndoumbélanais mettaient le volume de la télé à zéro dès que défilaient les images de Monsieur le Président. Faute de pouvoir zapper, ils attendaient l'arrivée d'autres images pour remettre le volume. Le peuple était informé, dans la «page internationale» du journal télévisé, du dérapage d'un bus en Inde ou de la collision entre deux trains en Chine alors qu'il ignorait l'incendie qui avait eu lieu dans un faubourg de sa propre capitale.

Bref ! Ndoumbélane avait toujours vécu au rythme des démonstrations de force du parti au pouvoir et des réactions sporadiques de son opposition. Au lieu de traduire en actes concrets les promesses électorales, les gouvernants, très en retard par rapport au peuple qui avait beaucoup muri, privilégiaient la bataille des médias : beaucoup de bruit à travers la radio et la télévision nationale pour narguer l'opinion. L'opposition, quant à elle, ne se contentait pas de dénoncer cette attitude, mais exploitait la moindre faille pour convaincre d'une situation économique alarmante ou pour dénoncer le despotisme de l'homme au pouvoir. Des pays occidentaux «amis de Ndoumbélane» multiplièrent les invitations en faveur du chef de l'État. Au cours de ces périples, tout acte pouvant redorer le blason de leur acolyte autochtone était au rendez-vous : Docteur honoris causa, autres titres honorifiques, accords commerciaux conclus à la hâte pour faire miroiter un bel avenir tape-à-l'œil. La fin justifiant les moyens, chacun usait des parades les plus inimaginables. L'objectif ayant été pour les uns de faire réélire leur mentor et pour les autres d'éjecter l'adversaire de son fauteuil présidentiel pour s'y installer.

Mon statut de membre du CNAE me tenait désormais éloignée des activités politiques de mon mari. Il n'avait d'ailleurs plus de temps à nous consacrer, à mon garçon et à moi. Ses déplacements dans les régions éloignées du pays nous avaient même obligés à passer des nuits seuls avec la femme de ménage qui faisait en même temps office de nounou.

Le jour tant attendu arriva. À six heures trente minutes, je trouvai garés devant chez moi les cinq 4X4 double cabines mis à ma disposition pour le transport de superviseurs de vingt bureaux de vote. Chacun fut déposé à son poste bien avant le démarrage du scrutin à huit heures. Je dus passer la journée dans le plus grand centre de vote de mon secteur. Ce centre polarisait trois villages à mi-chemin entre la capitale et la deuxième grande ville. Il comptait cinq bureaux de vote abrités par cinq salles de classe d'une seule et même école. Compte tenu de la grande affluence qui y était prévue, je dus me tenir prête à venir en aide à l'un des cinq représentants du CNAE qui en eût émis le vœu. À part ce centre, tous les autres comptaient un ou deux bureaux de vote. Aucun incident n'eut lieu dans la matinée, sauf deux perturbations provoquées par un jeune homme et une vieille dame. Le premier, bien que clamant haut et fort son statut d'étudiant, avait voulu voter avec une carte d'électeur dont certaines données ne correspondaient pas à celles figurant sur sa carte nationale d'identité. Il avait soutenu *mordicus* que c'était possible de voter dans ces conditions. Le président du bureau lui avait conseillé de se rapprocher du tribunal départemental afin d'y obtenir un certificat de conformité. Ce fut en vain. Il n'avait pas voté finalement.

Quant à la vieille dame, elle refusa de toucher à l'encre indélébile. Ce qui suscita des avis divergents au sein du collège électoral. Certains soutinrent que, à son âge, la vieille dame ne semblait pas être disposée à faire le tour des bureaux pour effectuer plusieurs votes. Les autres exigèrent l'application de la loi dans toute sa rigueur : la dame ne doit nullement sortir du bureau sans un doigt trempé à l'encre indélébile.

Dans ces deux cas, le président du bureau de vote avait dû faire appel, par réquisition, au policier placé à la porte de la salle de classe bien avant le démarrage du vote.

Trois incidents majeurs avaient lieu en début d'après-midi. Le premier était provoqué par de jeunes villageois. Un vieux malvoyant avait choisi l'un d'eux pour l'accompagner dans l'isoloir. Certains jeunes crièrent au hold-up puisque, selon eux, cet accompagnateur était militant du parti au pouvoir. D'autres affirmèrent qu'il n'en était rien. Ils avaient ainsi bloqué le scrutin pendant presque une demi-heure. Sur demande du président du bureau, le jeune accompagnateur fut expulsé. Tous, membres du bureau et représentants des différents candidats, m'invitèrent alors à aider ce vieil homme qui ne disposait pas d'un organe de sens pouvant lui permettre de reconnaître le bulletin de son candidat. Le vote n'avait pu cependant reprendre à la sortie du vieillard. Les représentants des candidats tinrent un débat puéril dans l'immédiat, mais intéressant pour la tenue d'autres joutes électorales. Les idées de l'un d'eux m'avaient fascinée. Il était l'auteur d'une trouvaille qui, si elle était appliquée, eût permis aux non voyants d'accomplir le vote sans l'aide de quiconque. Selon lui, il aurait dû y avoir des bulletins spéciaux réservés à cette catégorie de citoyens. Des figures géométriques de diverses formes pourraient parcourir tout le pourtour des bulletins. Ainsi, bien avant le jour du vote, un non-voyant pourrait se familiariser avec le bulletin de son candidat en palpant en permanence les petits triangles ou alors les demi-cercles occupant tout le pourtour.

Dehors, les jeunes continuaient leurs tiraillements, perturbant ainsi le silence qui devait régner dans chaque bureau. Le vote venait à peine de recommencer quand un homme de grande taille, habillé d'un grand boubou de grande valeur, pénétra subitement dans le bureau. L'électeur qui s'apprêtait à montrer sa carte d'identité et celle d'électeur remit son portefeuille dans la poche puis sortit du bureau. Aucun des autres électeurs de la longue file patientant au-dehors n'arriva dans la salle. Les représentants des différents partis en compétition se levèrent tous pour aller serrer la main à cet homme apparemment peu ordinaire. Ce fut au cours de ces salamalecs que j'entendis dire son nom : Sidiki. Le représentant du parti au pouvoir vint me le présenter. Il s'agissait du président de la communauté rurale où nous étions. Il n'y était pas allé par quatre chemins pour exprimer son vœu : «De tous ceux qui sont dans cette salle, seule vous madame pouvez constituer un obstacle à mon désir de bourrer l'urne de bulletins de mon parti. Ces hommes que vous voyez autour de vous sont tous originaires des villages de ma communauté rurale et c'est grâce à ma fortune que leurs familles parviennent à vivre. C'est grâce à moi qu'ils disposent d'électricité, d'eau courante, de routes bitumées. Aucun d'entre eux n'ose s'opposer à ma volonté…»

Je ne le laissai même pas achever son propos. Son arrogance et son audace me firent sortir de mes gonds. Je lui rétorquai sèchement : «Monsieur, je suis ici pour veiller à la transparence du scrutin et j'entends rester impartiale jusqu'au bout». Bien qu'ayant envie de dire beaucoup plus de choses, je me résolus à me limiter à cette seule phrase. Beaucoup parler n'eût fait que donner à cet énergumène l'occasion d'argumenter et de motiver sa proposition. Le président avait dû appeler l'électeur suivant dès qu'il me vit prendre note. Le député, avant de sortir, exhiba des liasses de billets de dix mille francs CFA pour remettre aux représentants des partis politiques ce qu'il appela «le prix du thé». Le scrutin se poursuivit alors. Ceux qui avaient reçu de l'argent ne manquèrent pas, un à un, de venir régulièrement soutenir auprès de moi la proposition de leur mécène. Ce ne fut que peine perdue.

Le troisième incident avait été provoqué par un homme du troisième âge qui, quand le président lui avait demandé de prendre une enveloppe et un bulletin de chaque candidat, ne s'était emparé que du seul bulletin du parti au pouvoir et avait voulu effectuer devant tout le monde ce qui devait se faire dans l'isoloir. Le président lui intima l'ordre de prendre un bulletin de chaque lot et d'aller faire son choix dans l'isoloir. Il refusa d'obtempérer. N'eût été l'intervention du représentant de son parti, il n'aurait pas pu voter et aurait quitté la salle. Il avait fini par rejoindre l'isoloir en marmonnant : «A quoi bon! Tout le monde sait que depuis l'indépendance j'ai toujours voté Blaise Aboudi».

Après ces quelques tracasseries, le scrutin se déroula correctement. Elles eurent cependant pour conséquence la prorogation du vote jusqu'au-delà de vingt heures. Les bureaux devaient normalement être fermés à dix-huit heures. Les résultats issus des autres bureaux du centre étaient favorables à Faustin Ismaël de l'opposition. Nos scrutateurs étaient obligés de crier en nommant le nom du candidat dont le bulletin se trouvait dans l'enveloppe. Ceux qui jubilaient au-dehors faisaient beaucoup de bruit. Le son de leur radio nous parvenait d'ailleurs. La tendance se confirmait en faveur du PLN. C'était comme si toutes les régions de Ndoumbélane s'étaient passé le mot d'ordre : réaliser l'alternance politique, goûter à une sauce beaucoup plus suave que celle qui leur avait été servie pendant plus de quarante ans. Les suffrages exprimés au niveau de notre bureau s'inscrivirent en droite ligne du verdict populaire en cours. Je fus cependant étonnée du nombre important de bulletins nuls. Si ce n'était une enveloppe contenant plusieurs bulletins, c'était une enveloppe cachetée portant une signature, prénom et nom du votant.

À la sortie du centre de vote, je refis le même trajet que le matin pour reprendre, avec les 4X4 à ma disposition, les représentants du CNAE et les procès-verbaux de leurs bureaux de vote. Ce fut aux environs de trois heures du matin que j'avais pu enfin retrouver mon bébé, après un passage au siège du CNAE pour le dépôt des documents et des clés des voitures.

L'attente des résultats avait duré près de deux semaines : les chiffres provisoires proclamés par le CNAE furent battus en brèche par les partisans du Président sortant.

La Cour constitutionnelle avait dépassé de loin le délai légal de proclamation des résultats définitifs. Les manifestations de rue initiées par l'opposition et la société civile furent réprimées. Le couvre-feu fut décrété : nul n'avait intérêt à se retrouver hors de chez soi à partir de vingt heures. La quinzaine de morts suite à des tirs à balles réelles, les arrestations arbitraires en plein jour et les nombreuses disparitions mystérieuses avaient fini de calmer les ardeurs et réduit au silence la volonté contestataire de la majorité des citoyens. Un seul espoir : l'aide de la communauté internationale. En effet, celle-ci n'avait pas tardé à réagir. Beaucoup de radios étrangères retransmirent l'intervention acerbe de personnalités, d'autorités des institutions internationales les plus influentes du monde. Mais Blaise Aboudi resta de marbre. Ses partisans qualifièrent la position de ces personnalités étrangères d'ingérence dans les affaires internes de Ndoumbélane. Ils avaient pu ainsi rallier à leur cause tous les xénophobes du pays, ceux-là qui croyaient qu'une nouvelle forme de colonisation était en train de s'opérer.

Nous vécûmes dans cette impasse politique pendant une cinquantaine de jours. La CNAE défendait, preuves écrites à l'appui, la victoire de la coalition de l'opposition, ce que récusait la Cour Constitutionnelle. Ses arguments : des milliers de cas de fraudes et de votes invalidés. Chose curieuse : toutes ces irrégularités signalées ne concernaient que des bureaux de vote dans lesquels les résultats avaient été favorables à l'opposition. Personne ne pouvait deviner l'issue à laquelle mènerait cette guerre des sourds. Les tueries constatées lors des manifestations postélectorales semblaient avoir eu raison du courage et de l'abnégation du peuple à réclamer la reconnaissance de sa victoire. Cette victoire que l'on voulait lui usurper.

Le jour du déclic arriva contre toute attente. Je revenais du centre-ville plus tôt que d'habitude, vers treize heures. Les embouteillages étaient devenus chose banale chez nous. Les nombreux nids de poule, les dos d'âne mal faits, les stationnements anarchiques ainsi que les étals clandestins de marchandises avaient fini de réduire les automobiles en de véritables tortues géantes. Mais l'embouteillage de ce jour n'avait rien de commun avec ceux connus jusqu'ici.

Tout était arrivé comme un éclair. Alors que je m'impatientais de voir avancer les véhicules de devant, une nuée noire apparut subitement au loin et se dirigea droit vers nous. Plus elle approchait, plus un bruit de casse et de voix plaintives se faisait entendre. C'était une foule surexcitée, des femmes et des hommes en pantalon Jeans et au torse nu, brandissant des machettes, des couteaux et même des armes à feu. Toutes les voitures devant moi étaient en train d'être saccagées. Les commerces en bordure de route n'étaient pas épargnés. Je n'entendais plus que le vacarme provoqué par le fer contre le fer, le fer contre le verre. Les plaintes des victimes mêlées aux cris guerriers des insurgés me firent quitter le taxi. Le chauffeur prit ses jambes à son cou sans réclamer son dû. Moi, je rampai sur une dizaine de mètres pour pénétrer furtivement dans un magasin de vêtements prêt-à-porter dont le gérant ferma énergiquement la porte. Il faillit même me blesser. Je retrouvai à l'intérieur cinq autres personnes, trois femmes et deux hommes, qui y avaient trouvé refuge avant moi. L'une des femmes était enceinte. Une autre, sa belle-mère, semblait très préoccupée. Elle nous dit qu'elles étaient en route pour la maternité où les sages-femmes les avaient déjà éconduites par deux fois dans la matinée. La raison évoquée : «l'heure de la délivrance n'a pas encore sonné et il n'y a pas de lits libres pouvant l'accueillir en attendant le bon moment». La violence qui sévissait dans les rues les avait obligées, comme moi un peu plus tard, à quitter leur taxi. Les autres, eux, l'autre dame et les deux hommes ne tenaient pas sur place. Il était urgent, pour eux, que la casse cessât. La dame était en route vers l'école maternelle de sa fillette de quatre ans lorsque des jets de pierres l'avaient obligée à abandonner son véhicule de luxe sur la chaussée.

L'un des hommes, lui, attendait son épouse devant un cabinet dentaire quand survint la casse. Il s'inquiétait pour sa douce moitié. L'autre, instituteur en partance pour sa classe après un passage à la banque, essayait maintenant de deviner la réaction de ses élèves à l'entente de ces tirs à balles réelles. Je mis mon téléphone portable à leur disposition puisqu'il était le seul à disposer encore de crédit. L'instituteur fut le premier à appeler son directeur d'école. Le mode «mains libres» nous permit d'entendre des cris d'enfants mêlés à des injonctions appelant au calme. Une voix affirma que tous les élèves et enseignants s'étaient barricadés dans deux salles de classe. Cela n'empêcha pas cependant les élèves et maîtresses de crier. Le second homme, lui, entendit une voix masculine répondre à la place de sa femme. Nous remarquâmes aussitôt des sueurs froides sur son front. D'une voix tremblante, il réclamait : «Jeynab ! Jeynab ! J...» La voix masculine, rauque comme celle d'un homme de troupe rompu à la tâche, lui répondit : «Votre belle et appétissante femme est entre les mains du guide de la révolution. Votre épouse, des élèves d'écoles pour enfants de riches et une bonne partie du personnel de la télévision d'État se trouvent entre nos mains et ne seront libérés qu'après la chute du dictateur Aboudi. Nous les utilisons comme bouclier humain. Mais si jamais le dictateur s'avise à faire la sourde oreille, ils deviendront des otages et seront exécutés un à un jusqu'à l'atteinte de notre objectif ».

Le mari désorienté allait dire quelque chose. Le retentissement de la tonalité téléphonique l'en dissuada. Des plaintes de la femme enceinte firent que je ne pus suivre l'autre dame qui s'était accaparée de mon téléphone pour s'enquérir des nouvelles de sa fille. C'était le moment fatidique. J'étais apte à assister la future mère, mais l'absence totale de matériel me fit douter de mes capacités. Nous n'avions pas le choix. Il nous fallait donner la vie entre ces quatre murs, sans le plateau technique adéquat, au moment où, dehors, des hommes et femmes en furie ôtaient le souffle à des êtres humains.

Depuis le début de ma carrière, j'avais toujours travaillé entourée de tout le matériel nécessaire. Cet accouchement s'avérait alors être un défi pour moi. Mon attention fut ainsi absorbée pendant de longues minutes par cette femme et le petit être qui demandaient tous deux à être délivrés. Le bruit des voix de mon entourage de même que les tirs au-dehors s'éclipsèrent de mon esprit. Ce ne fut qu'après le cri du nouveau-né que je pus me rendre compte de l'anxiété des autres penchés sur la dame étalée par terre, inanimée, mon portable dans sa main droite. L'on me rapporta que sa fille lui avait répondu en ces termes : «Maman, s'il te plaît, vient me prendre. Un homme me menace avec un couteau. Il dit que je suis fille à papa puisqu'à mon âge je dispose d'un téléphone portable sophistiqué...» L'enfant n'avait pas fini de parler à sa maman quand une voix masculine intervint : «Votre fillette est plutôt mignonne. J'imagine que sa maman aussi. Ne pourriez-vous pas venir la rejoindre. Viens t'amuser avec nous. Blague à part, votre fille risque de passer d'agréables moments avec nous si Blaise Aboudi s'agrippe à son fauteuil présidentiel. Là, je vois qu'elle tremble rien qu'avec la lame du couteau qui effleure la douce peau de son cou...» La dame s'était alors affaissée de tout son poids. Chose drôle : malgré sa perte de conscience, la main droite était restée agrippée au téléphone. N'était-ce pas là le seul lien avec sa fille ? Nous réussîmes à la ranimer, mais éprouvâmes du mal à la retenir. Elle tenait vaille que vaille à aller rejoindre sa fille.

Dehors, les tirs s'intensifièrent. Le gérant du prêt-à-porter se rappela son petit poste radio posé à l'arrière du comptoir. Il fut immédiatement allumé. Aucune voix de journaliste. Là aussi, ce sont les insurgés qui régnaient en maître. «Vive la révolution ! En bas le dictateur ! Soutenez la révolution ! Mettons fin à une quarantaine d'années d'asservissement, de brimade !» Ce furent là les slogans proférés à profusion. Nous vécûmes ainsi des heures au son d'armes à feu et d'une radio à paroles de feu. Notre désarroi atteignit son paroxysme lorsque le signal radio et le réseau téléphonique furent coupés. C'était certainement une des ultimes astuces des techniciens partisans de Blaise Aboudi. Nous passâmes une nuit entière sans repas. Les bouteilles d'eau dans le petit réfrigérateur ne purent nous permettre de survivre que vingt-quatre heures environ. Surtout qu'il y avait parmi nous un nouveau-né et sa mère dont il fallait prendre soin. Cette vie en retrait ne pouvait donc perdurer. Mais comment sortir et où aller ? Jeanne, c'était son nom, elle, tenait à sortir pour rejoindre sa fille kidnappée. «Sortons d'ici sinon nous y pourrirons comme des rats, soutint-elle, nous ne pourrons rien pour les nôtres entre les mains des rebelles. Et cette femme et son enfant risquent gros en ne bénéficiant pas de soins adéquats». Elle avait raison, mais le mot «rebelle» avait semblé choquer le tenancier du prêt-à-porter. «Ah non! Ils ne sont pas des rebelles. Ils sont en train de concrétiser les aspirations du peuple muselé. J'ai aussi peur que vous, mais, de grâce, ne les traitez plus de rebelles», avait-il rétorqué.

Le bruit de casse et de tirs était ainsi concurrencé pendant de longues minutes par une discussion très passionnée. Mes voisins s'emportèrent. Je ne sentis cependant aucune cohésion dans les différentes thèses avancées. C'étaient juste des paroles pour meubler le temps, pour oublier la peur.

Réveillés tôt le lendemain par de violents coups donnés à la porte de notre repaire, nous nous réfugiâmes tous dans les toilettes d'environ trois mètres carrés. La force de frappe des assaillants était telle que la porte, bien que métallique, n'avait pas mis du temps à voler en éclats. Le bruit des cintres me fit comprendre qu'ils étaient en train de s'emparer des vêtements. Je retins avec force le gérant qui, de peur de se retrouver avec une boutique vide, voulut se montrer. Son commerce fut ainsi entièrement mis à sac.

Je sortis du magasin et pus voir les assaillants s'éloigner. Quel désastre! Tous les véhicules sur la chaussée et sur les trottoirs étaient saccagés puis brûlés. Les boutiques et stations-service n'étaient pas épargnées. Mis à part les casseurs, personne d'autre en vue. L'idée me vint de courir rapidement vers chez moi. La peur de me retrouver entre les mains d'hommes armés m'en dissuada. Et puis, il y avait cette femme et son nouveau-né qui avaient besoin d'assistance. Retour donc à l'intérieur de la boutique. Les autres m'obligèrent aussitôt à les suivre par une petite porte donnant sur la cour intérieure d'une maison. Celle-ci semblait vide. À moins que les occupants ne se fussent terrés dans les chambres. Nous contournâmes le bâtiment dont la porte de la véranda était barricadée. Le petit mur à l'arrière escaladé, nous nous retrouvâmes dans une ruelle déserte. C'était alors un soulagement pour moi dès que j'aperçus une officine. Mes compagnons acceptèrent de m'y accompagner. Il fallait y aller pour trouver des produits nécessaires aux soins du bébé et de sa maman.

Personne ne répondit à nos coups donnés sur l'énorme porte métallique dont la résistance avait sans nul doute épargné les produits pharmaceutiques et la recette journalière de la hargne des insurgés. Il ne fallait pourtant pas rester longtemps dehors sous peine d'être à la merci de ces hommes armés. Nous allions tourner le dos à la pharmacie lorsqu'une idée me vint en tête. J'obtins un bout de papier et un crayon d'un homme de mon groupe et pus écrire ceci : «Mme Konaté, médecin généraliste à l'hôpital Grâce-à-Dieu. J'ai avec moi une femme qui vient d'accoucher et qui a besoin de soin». Le papier fut ensuite glissé à l'intérieur de l'officine à travers le très petit espace entre l'extrémité inférieure de la porte et le plancher. Un énorme bruit de clés qui s'activaient dans des serrures puis la porte fut relevée d'une cinquantaine de centimètres. C'était suffisant pour nous permettre de glisser à l'intérieur. Le dernier entrant avait failli se retrouver avec une jambe amputée. Quelqu'un s'était énervé. L'on avait certainement pensé que j'étais seule avec la femme et son enfant. Voilà que, contre toute attente, nos hôtes se retrouvèrent avec six intrus. Des intrus qui exposaient ainsi la pharmacie à une invasion massive. Il fallait alors refermer à la hâte. Et un de mes compagnons avait failli en faire les frais. Une de ses jambes avait échappé de justesse à une amputation sans anesthésie.

À peine allais-je soulever la tête pour identifier ceux-là qui nous accueillaient que le canon d'un fusil fut appliqué contre mon front. Son détenteur, un homme en treillis me tenait en respect et m'obligeait à poser mes deux mains sur la nuque. Mes compagnons, eux, étaient tous couchés sur le ventre sous la menace de plusieurs mitraillettes. Nous fûmes entraînés de force vers le bureau du docteur en pharmacie. Aussitôt la porte refermée, nos agresseurs se mirent à jubiler. «Il y a moins de dix minutes, nous n'avions qu'une seule femme à nous sept. À présent, le ratio est presque atteint. Quatre pour sept». Une voix sembla ensuite s'inquiéter : «Trois pour sept. L'une vient d'accoucher». Une autre s'offusqua : «Et après ? Ce doit être une belle aventure que de le faire avec une comme ça». «Dégueulasse», reprit une autre. J'eus alors la plus grande peur de ma vie. Moi, victime d'un viol et même d'un viol collectif. Et puis, à les entendre, ces hommes semblaient être sans cœur, sans état d'âme. Un homme d'âge mûr et une jeune dame mise à nu étaient ligotés et attachés aux pieds d'un grand meuble métallique. Leur bouche était scotchée. Un scotch si volumineux qu'il nous empêchait de découvrir leur visage.

Un de mes compagnons allait les débarrasser de cet autocollant. Un autre l'en dissuada de peur que cela n'exaspérât nos agresseurs qui nous corrigeraient à la limite de l'offense. Mais ces yeux de la jeune fille. Ces yeux ne m'étaient pas étrangers. J'étais presque sûre de les avoir déjà vus quelque part. Mais oui! Il n'y avait pas de doute. Cette jeune dame ne pouvait être autre que Diariatou, une jeune infirmière que j'avais connue à l'hôpital, au début de ma mutation à Seimpeing. Cela avait été un véritable heurt entre un médecin consciencieux et une stagiaire ayant peu d'égard pour la conscience professionnelle.

Ce jour-là, revenant du bureau de la maîtresse sage-femme du service de la maternité, mon attention fut attirée par une scène qui se déroulait dans une salle d'hospitalisation que je dépassais au passage. Je m'arrêtai, refis deux pas en arrière et vis une jeune stagiaire, téléphone portable coincé entre l'oreille et l'épaule, en train de faire un pansement à une patiente opérée récente. La pauvre! Elle était à moitié déshabillée, spectatrice impuissante du laxisme notable d'une infirmière indigne d'exercer cette profession ô combien noble. «Mais non! Tu n'oses pas me laisser en rade. Tu reviens de Dubaï sans me prévenir du début de tes ventes. De toute façon, garde-moi un beau tissu et une belle parure en or...», disait-elle avant que je ne l'interrompisse : «Mademoiselle, occupez-vous de votre patiente...»

Elle ne me laissa même pas terminer. Le rappel à

l'ordre ne lui plut guère, à moins qu'elle n'eût eu hon-
te et eût essayé de le dissimuler. M'ayant sans doute
prise pour une visiteuse, elle me conseilla de ne point
«fouiner dans les affaires des autres». À peine avais-
je tourné le dos qu'elle sortit dans le couloir pour
poursuivre son entretien téléphonique. «Excuse-moi.
J'étais perturbée par une emmerdeuse...», reprit-elle.
Tout mon corps tressaillit dès que son dernier terme
me parvint à l'oreille. L'instinct premier, celui de l'animal qui dort en chaque être humain, me dicta de me
ruer sur elle. Heureusement! Une autre force, moins
belliqueuse me retint et m'obligea à garder le calme. Je
me contentai alors de dévisager la jeune femme et de
retenir le numéro de la salle d'hospitalisation. Il était
dix heures vingt-cinq. Une fois dans mon bureau, j'ap-
pelai au téléphone la maîtresse sage-femme puis le médecin-chef du service de la maternité. Ce fut en fin de
journée que ces derniers accompagnés de la stagiaire
arrivèrent à mon bureau. «Il s'agit bien de cette jeune
dame ?», s'enquit ma collègue en pointant son index
en direction de celle que je n'eusse jamais pu imaginer
aussi douce, il y avait de cela quelques heures. Je ne
sus alors que dire. Étaient figées là, devant moi, une
jeune femme au regard implorant ma clémence ainsi
que des personnes prêtes à sévir. Je réfléchis un instant, mais aucune idée pouvant sauver cette stagiaire
ne me vint à l'esprit. «Oh mon Dieu! C'en est fini de
ma carrière. Excusez-moi», s'était-elle écriée dès que
j'acquiesçai de la tête. «Merci, madame KONATÉ»,
dit le médecin-chef avant de prendre congé de moi.
Il fut suivi par la maîtresse sage-femme. J'essayai de

les retenir. Ils ne m'écoutèrent guère. Je voulais leur demander de sévir tout en évitant d'être trop sévères à l'encontre de celle-là qui avait sans doute rêvé de faire carrière dans le secteur de la santé. Ce fut en vain. À la sortie de l'hôpital, la stagiaire vint à ma rencontre. Elle était tout en pleurs : «Madame KONATÉ, je vous prie de me pardonner et d'intercéder en ma faveur». Je l'avais rassurée : «Loin de moi toute intention revancharde. Cependant, as-tu déjà médité sur le risque auquel tu exposes tes patients en n'étant pas sérieuse dans ton travail? Si tu te comportes de façon aussi négligente en tant que stagiaire, qu'adviendra-t-il lorsque tu auras acquis un emploi permanent? la sermonnai-je. «Je vous jure de ne plus recommencer», assura-t-elle. Ce visage juvénile, ce regard plein de vie, mais inquiet de même que ma complicité de mère me décidèrent à réagir favorablement à sa sollicitation. Je parvins, dès le lendemain, après moult tractations, à faire pardonner à la jeune femme sa mauvaise conduite de la veille. Au premier jour de sa reprise de service, Mamy était venue m'offrir des fruits que j'avais du mal à accepter. Depuis, nous avions sympathisé.

Mais oui! C'était bien elle. J'en étais certaine. Ces yeux-là ne m'étaient point étrangers. Même s'ils étaient devenus rouges, d'une rougeur qui en disait long sur le supplice vécu. Par son murmure et ses gestes désordonnés, je compris que Mamy désirait qu'on lui ôtât le scotch qui l'empêchait de nous parler. Je la libérai alors contre l'avis de mes co-otages. La jeune infirmière se mit alors à débiter des paroles qui nous firent trembler, surtout nous les femmes. Elle dit avoir été victime d'un viol collectif. Six hommes s'étaient relayés sur elle. Le docteur en pharmacie, propriétaire de cette officine, était son grand-frère. Il portait des plaies sur différentes parties du corps. Un long poignard à la lame aiguisée était passé par là. On lui avait reproché d'avoir refusé de faire la chose avec sa propre sœur. En effet, les canons d'armes à feu braqués sur lui n'avaient pas réussi à lui faire accomplir l'acte ignoble. Les malfrats l'avaient alors roué de coups de crosses et de bottes militaires. Ensuite le poignard, qui ressemblait de beaucoup à celui de Sylvester Stallone, s'était mis à l'œuvre. Enfin, sévices pires que les coups de crosses et de bottes, sa petite-sœur avait été violée sous ses yeux sans qu'il ne pût broncher. Alors là, j'eus la plus terrible frayeur de ma vie. Nous étions là, quatre femmes à la merci de sept hommes armés. Un des otages remit le scotch à sa place. Coup de chance ! La porte s'ouvrit dès qu'il finit de museler mon amie infirmière. Deux des assaillants arrivèrent. L'un nous tint en respect avec sa mitraillette pendant que l'autre entreprit de nous ligoter les mains et les pieds. Je les suppliai : « S'il vous plaît, épargnez le nouveau-né et sa mère. Permettez-moi juste de prendre ce qu'il leur faut et de le leur administrer ». « Comme tu veux la jolie gonzesse ! Mais après tu seras à moi tout seul. Avec ton cœur d'or, tu pourras me prodiguer de petits soins. J'en ai grandement besoin », menaça le détenteur de la mitraillette. Je regrettai aussitôt d'avoir ouvert la bouche. Je m'étais ainsi particularisée sans le vouloir. Mais il fallait sauver le bébé et sa maman. Cela faisait déjà vingt-quatre heures qu'ils auraient dû recevoir des soins. Je fus donc entraînée vers les produits pharmaceutiques. Mes patientes étaient en train de recevoir leurs soins quand la télévision se remit subitement à fonctionner. Des images atroces y défilaient. Cadavres exposés en pleine rue. Des écoliers et leurs enseignants morts asphyxiés dans une salle trop exiguë pour des centaines de personnes. Des parents en pleurs parce que n'ayant reçu aucune nouvelle de leurs enfants partis à l'école depuis la veille. Des hommes et des femmes qui s'inquiétaient pour le conjoint disparu. L'eau et l'électricité absentes de certains quartiers en proie au choléra. Des maisons de riches — car l'occasion n'avait pas été ratée par les envieux et les ennemis à court d'arguments valables — et des commerces ont été dévalisés. Enfin vint le motif de notre salut momentané : le Président Blaise ABOUDI avec un visage que je ne lui avais jamais connu. Un visage d'homme en mauvaise posture, le visage d'un champion de lutte surpris par sa chute et obligé de recevoir la tape amicale de son adversaire. Je crus alors qu'il allait reconnaître sa défaite. Que *nenni* ! Il dit être prêt à se rendre dès l'après-midi dans une grande capitale européenne, celle de notre ancien colonisateur. Ville où devraient se tenir des négociations avec le chef de file de l'opposition, Faustin Ismaël. Et, pour fermer cette page spéciale, le journaliste de la seule télévision du pays d'offrir un avant-goût de l'issue attendue du conclave en métropole : gouvernement d'union nationale, Assises nationales, reprise du scrutin présidentiel...

Celui qui semblait être le chef de nos agresseurs éteignit le poste téléviseur puis se mit à esquisser des pas de danse. Ses compagnons ne tardèrent pas à l'imiter. Quel soulagement de voir ces hommes en treillis danser, rire aux éclats, chanter. «C'est le début de l'abdication. Le visage du dictateur exprime le contraire de ce qu'il soutient dans son discours. Il tient un discours d'homme courageux alors que son visage exprime la peur, le désarroi. Aboudi est un lion. Et un lion digne de ce nom ne s'affale jamais dès le premier coup reçu. Il lui en faut d'autres et nous nous chargerons de les lui asséner», cria le chef à quelqu'un avec qui il s'entretenait au talkie-walkie. Puis se tournant vers les cinq autres : «Sortez les bouteilles de boisson trouvées dans le réfrigérateur. Nous allons trinquer au début de la victoire». À nous les otages, il s'adressa en ces termes : «C'est la trêve. Vous allez trinquer avec nous. Blaise a commencé à se montrer raisonnable. S'il persévère dans ce sens, vous serez bientôt libres». Bien que n'ayant pas le cœur à cela, nous bûmes à la santé des acteurs de la révolution. Mes compagnons avaient ainsi les mains et les pieds libres le temps de fêter nos agresseurs. La dame qui avait sa fille à l'école continuait de s'inquiéter. Je me résolus à ne pas lui faire part de ce que j'avais vu et entendu à la télé. Il ne fallait pas l'alarmer. Et puis, il y avait des chances que sa fille fût encore en vie. Quant à l'instituteur, j'étais presque certaine que c'étaient ses collègues et élèves qui étaient retrouvés morts asphyxiés. Je n'en dis rien, espérant que les négociations annoncées pussent donner le résultat escompté.

Nous vécûmes ainsi jusqu'au lendemain soir. La télévision nationale, reprenant une chaîne étrangère, nous montra l'arrivée des différentes délégations en ville métropolitaine. Nous vîmes le premier ministre du pays hôte recevoir l'un après l'autre les belligérants. D'abord, le Président sortant en compagnie de son premier ministre. Ensuite, Faustin Ismaël avec mon mari à ses côtés. Tous étaient habillés de grands-boubous basin bien amidonnés. Autre chose que les deux délégations avaient en commun : un large sourire affiché au moment de serrer la main du premier ministre hôte. Lequel sourire me donnait un pincement au cœur. Comment pouvaient-ils se permettre de sourire ? Sourire au moment où le peuple pleurait, agonisait. Quatre Ndoumbélanais souriaient en Europe pendant qu'en Afrique des milliers de personnes, partisans de l'opposition et ceux des gouvernants, pleuraient et enterraient leurs morts. Rire, bavarder, goûter aux œuvres des cordons bleus européens, trinquer au moment où Ndoumbélane pleurait, hoquetait, s'essoufflait. Je m'offusquai alors de ce dédain jusqu'à rester insensible à un fait pourtant de première importance : mon époux était vivant. Pour le moment, le plus urgent pour moi, c'était ce sursis, notre salut qui dépendait de l'issue de ce conclave. Nos vies à Ndoumbélane étaient ainsi accrochées à un fil très fin suspendu dans les airs, d'Afrique en Europe, tenu par des mains très partisanes. Nous attendîmes jusqu'à tard dans la nuit. Ce fut en vain. Les journalistes des grandes chaînes européennes avaient simplement parlé de pourparlers qui se déroulaient bien, d'un climat serein, de négociateurs animés d'une bonne volonté. Tous en étaient arrivés à la conclusion suivante : «l'on ne pourrait en connaître l'issue que le lendemain». Voilà donc que nos hommes en treillis étaient obligés de patienter plus longtemps que prévu. Ils devinrent un peu nerveux. On eût dit que leur caractère agressif commençait à refaire surface. Je tremblai à l'idée qu'ils ne plaçassent plus un espoir dans quelque conciliabule qui se tenait à des milliers de kilomètres d'eux par des hommes apparemment pas du tout stressés. Ils nous laissèrent cependant passer une nuit tranquille.

Tôt le lendemain, donc au troisième jour du déclenchement des hostilités, nous fûmes à nouveau ligotés. Il n'y avait tout de même pas de violence. Et, heureusement pour nous, de bonnes nouvelles tombèrent le soir même. Les deux parties avaient convenu de cohabiter dans un gouvernement dirigé par Faustin Ismaël. Aboudi, lui, resterait président le temps d'organiser un scrutin présidentiel anticipé. Il bénéficierait ainsi d'un sursis de six mois. Les bailleurs de fonds avaient aussi imposé au dictateur l'ouverture d'une chaîne de télévision et de deux radios privées. Je vis Birama donner une accolade à son ancien adversaire et désormais «collaborateur». Il ne sourit plus. Il rit. Depuis ce moment, je doute de la fiabilité, de l'intégrité morale de mon mari. Que pensait-il des milliers de pertes en vie humaine? Comment se faisait-il que leur disposition à négocier eût apaisé les ardeurs de l'armée révolutionnaire? Mon époux et son leader avaient-ils commandité tous ses meurtres rien que pour accéder au pouvoir? Birama, se souciait-il de la situation dans laquelle j'étais? De toute façon, il n'avait pas cherché à me joindre. Moi, je ne disposais plus de crédit téléphonique pour l'appeler. Seuls ma mère, Marie et son père s'étaient manifestement inquiétés pour moi, eux qui m'avaient appelée.

VII

La composition du gouvernement fut communiquée après de longues journées d'attente. Dès après la lecture de la liste des nouveaux ministres, des appels téléphoniques et SMS fusèrent de partout. Parents, amis et alliés politiques félicitèrent Birama Konaté, ministre de l'Intérieur. Notre domicile, d'habitude très calme, ne tarda pas à refuser du monde : des parents, proches ou éloignés, étaient venus fêter l'événement. Nous fûmes obligés de préparer des agapes comme s'il s'était agi d'une cérémonie de baptême ou de mariage. Toute la journée, ce furent des accolades par-ci, des tapes amicales par-là, même si j'ignorais jusqu'à l'identité de leurs auteurs. Mon époux et moi en étions les principaux destinataires. Je m'entendis appeler «Madame le Ministre». Toute l'assistance me manifesta de la sympathie. Parmi toutes les paroles laudatives entendues ce jour, celles-ci m'avaient particulièrement choquée : «Derrière chaque grand homme, il y a une grande dame. Ce sont donc tes efforts qui sont récompensés à travers cette nommination de ton mari. Finie ta galère! Finie notre galère!». J'étais inquiète. Birama, lui, était aux anges. Pour ne pas jouer au trouble-fête, je m'efforçais de rendre le sourire à tout ce beau monde.

Lorsque nous fûmes seuls aux environs de vingt-deux heures - Hé oui, ce ne fut qu'à cette heure que nous avions pu retrouver le calme - je fis part de mon inquiétude à Birama. Je lui demandai d'abord : «Chéri, que penses-tu de la visite inopinée de ces gens?» Sa réponse me déçut : «Mais que puis-je en penser d'autre? Sinon que je me sens comblé. Nous allons débuter une autre vie. Tu vois que la réussite est au bout de l'effort. La seule chose qui m'inquiète c'est l'absence de mon cousin Boubacar. Pourquoi n'est-il pas venu fêter l'événement?» À peine avait-il fini de poser sa question que je m'offusquai : «Moi, je me sens contrariée. Pourras-tu répondre aux attentes de tout ce beau monde venu fêter ta nomination? Penses-tu qu'être ministre constitue la réussite à laquelle tu as toujours aspiré? Ne me déçois pas. Ta longue action politique, qui a commencé dans la clandestinité, avec toutes les exactions subies quand vous avez commencé à agir au grand jour, n'avait pas pour objectif l'obtention d'un poste ministériel. Sache que tu procéderas dans un futur proche à une passation de service avec un autre citoyen qui te relayera à ce poste. Ta réussite au sein de ce nouvel attelage exécutif ne dépendra que du seul bilan des actions novatrices et salutaires que tu auras entreprises. Le cas échéant, tu me séduiras davantage et tu gagneras par la même occasion la confiance des Ndoumbélanais pour d'autres fonctions. La plupart des personnes venues fêter ce qu'elles appellent ta «réussite» ont un seul objectif : bénéficier d'avantages que pourraient leur procurer tes éventuels errements budgétaires. Et moi, je ne suis pas ici pour te permettre de t'égarer. Sache que je ne te laisserai pas la plus petite marge de manœuvre pour les satisfaire. Quant à ton cousin Boubacar, avec le franc-parler que je lui connais, il te tiendra un discours bien différent de tout ce que tu as entendu de la journée. Cela ne me surprendrait pas d'ailleurs qu'il fustige la tenue de cette séance festive».

Mon mari ne reprit pas la parole. Le silence en disait pourtant long sur son étonnement. Mon propos n'était certainement pas celui auquel il s'attendait. Ce silence fut de rigueur jusqu'au moment d'aller au lit. Mon questionnement de l'autre jour, jour des accords en Europe, me revint à l'esprit. Je me remis à douter de la fiabilité de mon époux. Ce mari qui, à son retour d'Europe ne s'était même pas renseigné sur les conditions dans lesquelles son épouse avait vécu les émeutes populaires et la dissidence d'une partie de l'armée nationale.

Mon statut d'épouse de ministre fut ignoré des collègues de service. D'abord parce que je tenais à rester moi-même. Aussi, je ne voulais point me départir de cet anonymat sans lequel je n'aurais jamais pu échapper à la haine d'hommes armés lors de la révolution. Ah oui! La femme du numéro deux de l'opposition entre les mains des souteneurs de Blaise! J'aurais été tel un butin de guerre.

À l'hôpital, j'étais courtoise avec tout le monde. Mais pas une amie ou un ami. Ne recevant donc jamais des collègues chez moi, le risque de me faire démasquer était moindre. De tout le personnel de l'hôpital, une seule personne, un agent du service d'accueil me vouait un respect révérencieux qui frisait la démesure. Lors de notre première rencontre, j'étais de passage dans son service. Une vieille femme en pleurs avait attiré mon attention. Elle se tenait devant le guichet de l'agent en question. Elle le suppliait : «Je vous prie d'interner mon mari. La facture sera honorée, même si je suis dans l'impossibilité de vous fournir une garantie dans l'immédiat». Ses supplications persistantes semblaient plus déranger qu'elles ne sensibilisaient sur leur sort. Car deux agents de sécurité s'évertuaient à la faire sortir, elle et son vieux compagnon en loques. Je m'approchai alors de l'administration et pris le vieil homme à ma charge. Ces mendiants disaient ne connaître personne pouvant leur venir en aide. Ils se confondirent alors en remerciements lorsqu'ils surent que l'hospitalisation leur était accordée grâce à moi. Depuis ce jour, l'agent du service d'accueil me saluait presque avec révérence. Acquis bien loin de celui escompté : je ne recherchais nullement une reconnaissance humaine. Mon acte était plutôt dicté par un instinct humaniste, sinon féminin, d'entraide.

Cela faisait déjà plusieurs mois que mon mari était ministre et que moi, je persévérais dans ma volonté de demeurer dans l'anonymat. Birama m'aida à cela. Notre garçon était conduit à l'école avec l'ancienne voiture de son père. Seules les femmes qui désiraient tirer profit de la fonction de Birama n'avaient pas pu se montrer discrètes. Elles ne rataient d'ailleurs pas la moindre occasion pour décliner mon identité au grand jour. Selon elles, il ne devrait plus y avoir de chômeurs dans mon entourage. Le choix du Directeur et du Chef de cabinet de Birama pouvait même être de mon ressort. Pour cela, je n'avais qu'à assumer pleinement ma «fonction de femme de ministre». L'une d'elles avait même failli éventer le pot aux roses. Elle s'était permis de me rendre visite à l'hôpital sans m'avoir préalablement avertie. Avait-elle voulu esquiver mon *niet* catégorique? Car je n'acceptais jamais, hormis les cas de force majeure, les visites parentales ou amicales à mon lieu de travail. Du portail de l'hôpital à mon pavillon de service, en passant par les compartiments intermédiaires, cette dame avait demandé à me rencontrer. Et partout où elle était passée, on savait désormais que mon conjoint s'appelait Birama KONATÉ. Heureusement, chose étonnante d'ailleurs, personne n'avait songé au rapprochement entre ce Birama KONATÉ et celui du gouvernement.

Tout ce que je reprochais à mon ministre : son nouveau penchant pour la corruption, pour le totalitarisme et les choses mystiques. Le voilà qui, après de longues heures d'absence, se présentait à la maison avec un sac rempli de gris-gris. Me voilà qui le surpris en train de corrompre de potentiels détracteurs du président ABOUDI, son ancien adversaire. Il n'avait pas manqué non plus d'infliger une répression sanglante à des contestataires. Mes remontrances s'étant avérées vaines, je finis par fermer les yeux et les oreilles sur ses pratiques mystiques de même que sur ses manœuvres politiciennes. Il s'y adonna alors à cœur joie. La publication annoncée de mon roman semblait ainsi un événement banal pour Birama. Lui qui m'avait toujours soutenue.

DÉCEPTION

Le charlatan

Comble de malheur! Voilà qu'un charlatan originaire d'une région éloignée de Seimping vint élire domicile chez nous. Mon mari m'expliqua que cela était une obligation pour lui de faire venir ce «charlatan très réputé». Car celui-ci lui avait affirmé que l'entrée de la région de Seimping avait été verrouillée : un gris-gris préparé ailleurs, quelle que soit sa force de résistance à une attaque, perdrait de sa virulence en franchissant les portes de la région-capitale. Il lui était alors «impératif d'héberger le charlatan». Lequel marabout en avait profité pour recevoir chez nous des ressortissants de son village vivant à Seimping. À la veille de son départ, le marabout et moi eûmes un long entretien. Ce fut lui qui m'interpella le premier : «Madame, tout le monde me sollicite sauf vous. N'êtes-vous pas consciente de l'opportunité qui s'offre à vous? De grandes personnalités politiques, des sportifs de renommée internationale ainsi que de prestigieux artistes font des pieds et des mains pour s'attacher, au propre comme au figuré, mes services. Vous, vous avez la chance de me voir sous votre toit, tous les jours. Dites-moi votre vœu le plus ardent et je le fais se réaliser». Il excella en paroles argumentatives parce qu'ayant remarqué que je m'étais emmurée dans un silence inouï. Il me conta les merveilles réalisées avec un footballeur, un malheureux en amour, et un candidat à un concours d'entrée dans l'une des écoles les plus prestigieuses du pays.

Le premier était footballeur professionnel en Europe et gagnait bien sa vie. Son seul problème : il était toujours convoqué en équipe nationale, mais suivait tous les matches du banc de touche. «Pour lui permettre de faire étalage de ses talents d'attaquant en sélection nationale, je dus bloquer le compteur-but de son concurrent. Toute l'Afrique s'était étonnée de la contre-performance de ce buteur patenté. Meilleur buteur d'un championnat européen très médiatisé, il n'arrivait plus à retrouver le chemin des filets en Coupe d'Afrique des Nations. Ce fut ainsi que mon protégé le remplaça au cours de chaque rencontre. Que ce dernier réalisât un but ou pas, mon objectif était atteint.

Le second, quant à lui, n'avait jamais connu de succès auprès des femmes. Désormais, celles-ci lui courent après depuis qu'il bénéficie de mes offices.

Quant au troisième, admissible sur une liste de vingt candidats, je lui fis se retrouver major à l'issue de l'entretien oral. Il lui avait juste suffi de me remettre la liste de ses concurrents avec leur date et lieu de naissance».

— Monsieur, puis-je me permettre de vous dire objectivement ce que je pense de vos exploits ?

— Bien sûr ! Allez-y. Dites-moi ce que vous en pensez.

— Eh bien, moi, je trouve que vous êtes l'un des plus grands fossoyeurs de la République. Vous permettez aux médiocres de damer le pion aux plus performants, aux plus méritants.

Alors là, le marabout se tint coi. Son regard fixa le mien comme pour m'intimider. Je le soutins avec brio. Chez nous, on qualifie d'impoli l'enfant qui parle à une personne âgée en le fixant du regard. Moi, j'ai toujours été persuadée que seuls les yeux de mes interlocuteurs peuvent m'attester de la sincérité de leurs propos. Ce regard du vieux marabout, fut-ce pour m'intimider ou pour lire dans mes pensées, n'eurent aucun effet sur moi. Au contraire, l'homme de la soixantaine se déroba le premier. Oui, il avait détourné ses yeux, déplacé son long chapelet étalé sur la natte, remué quelques bouteilles remplies d'un liquide noirâtre avant de me dire : « Vous n'avez vraiment aucun vœu qui vous tient à cœur ? Débarrassez-vous de votre raisonnement de *Toubab* noire. Je suis convaincue que, comme toutes tes paires femmes d'autorités politiques, vous craignez l'arrivée d'une coépouse ».

— Désolée ! Moi, je ne suis pas de celles-là. Sinon, j'aurais exigé de mon mari qu'il s'engageât par écrit à rester monogame...

J'allais m'étendre outre mesure sur le sujet quand le marabout, sans doute conscient de ma témérité, me remercia et mit fin à la discussion. Il avait ainsi capitulé parce qu'il était convaincu que sa ruse, jusqu'ici fatale à la gent féminine, n'allait pas prospérer cette fois. Dieu seul sait combien de femmes mariées jalouses il avait pu mener en bateau. Combien de femmes avaient été prêtes à lui céder jusqu'à toute leur boîte à bijoux pour demeurer la seule compagne de leur époux. Sa belle voiture garée depuis plusieurs jours devant notre domicile pouvait bel et bien attester de la générosité et la reconnaissance de ses «clients».

...

Un mouvement consumériste

Voilà qu'un autre jour, sans l'avoir vraiment cherché, je surpris une conversation téléphonique de mon mari. Il était en communication avec le Président de la République.

— Rassurez-vous, M. le Président de la République, je vous jure que cet adversaire sera réduit au silence dans les quarante-huit heures.

— ....

— Mais non, laissez-moi juste le temps de trouver son talon d'Achille.

— ....

— Merci de me faire confiance, M. le Président !

Il raccrocha puis appela immédiatement quelqu'un d'autre : «Epervier, fais tout pour me remettre toutes les informations que vous détenez sur Albert GOU-DIABY, président de la fédération des associations nationales de consommateurs », ordonna-t-il.

Dès le lendemain, ce leader des consuméristes fit une sortie très médiatisée. Sortie au cours de laquelle il tint un discours diamétralement opposé à celui qu'il avait tenu il y avait de cela moins d'une semaine. Il se dérobait ainsi de la dynamique populaire réclamant la baisse immédiate du prix des denrées de première nécessité.

Je n'arrivais pas à y croire. Mon époux était devenu l'homme à éliminer les poseurs d'embûches sur le chemin emprunté par le Président que lui-même avait toujours combattu. Celui-là qui lui avait fait subir toutes formes de sévices avant l'avènement du multipartisme. Et puis, il use même de noms de code. Qui était Épervier ?

•••

« Chuuut ! Sinon, je te fais la fête. »

Voilà mon mari qui tentait de tempérer les ardeurs d'un jeune homme, frère d'une victime d'une bavure policière. Son jeune frère, un adolescent âgé de seize ans, avait été atteint par balle réelle lors d'une marche de protestation contre une réforme constitutionnelle éliminant d'office les sérieux concurrents de Blaise ABOUDI. La famille éplorée avait reçu la visite d'une forte délégation gouvernementale dès le lendemain de l'enterrement. Le prétexte : « Blaise ABOUDI et tous ses collaborateurs regrettaient ce malheureux événement et présentaient leurs sincères condoléances aux proches de la victime». Une cinquantaine de millions de francs CFA avait été remise au père de famille. Seulement, un grand-frère de la victime s'était permis une sortie fracassante par voie de presse. Il réclamait la clarification des circonstances réelles du décès de son jeune-frère. Certains membres de la famille pouvaient «se laisser corrompre », mais pas lui. C'était ce jeune-homme que Birama avait fait venir chez nous.

— Monsieur, je ne vais pas être long. N'est-ce pas que tu es instituteur et que ton épouse est une très riche commerçante. D'ailleurs, je la connais très bien. C'est donc d'une vache laitière dont tu disposes. Mais voilà que tu ne te contentes pas d'elle. Des renseignements font état de relations peu orthodoxes que tu entretiens avec une certaine Saboura. Ah oui, la belle Saboura qui était assise ici hier soir, dans mon salon, dans ce même fauteuil où tu es installé présentement. C'est vrai qu'elle est belle. Elle peut faire perdre la tête à n'importe quel homme. Seulement, elle a accepté, contre deux millions de francs, de me laisser son té-léphone portable contenant des SMS que tu lui as en-voyés de même que de belles photos que madame vo-tre épouse appréciera à leur juste valeur. Tenez! Vous pouvez vérifier par vous-même. Et les effacer ne sera que peine perdue. Je les ai déjà téléchargées dans mes archives électroniques.

— Ah, la traîtresse! s'était contenté de gémir le jeu-ne homme.

— Ne t'en fais pas. Il te suffit d'accepter ces dix mil-lions de francs que mon garde du corps va te remettre tout de suite et d'oublier à jamais ta plainte. Cela ne t'empêchera pas de toucher ta part des cinquante millions remis à ton père. Ceci restera secret. Et puis, je suis prêt à prendre en charge toutes les dépenses afférentes à tes secondes noces.

Le jeune homme prit la serviette que lui tendait le gendarme. On eût dit qu'il n'avait pas entendu la dernière phrase que Birama lui adressait avec ironie. Sans mot dire, il partit furtivement.

•••

La carte d'électeur

Ce jour, mon mari reçut dans le salon un vieux notable de notre quartier. Voici ce que j'entendis.

— Voilà les cartes. Celles de mes dix-huit enfants et mes trois épouses.

— Bien ! Tenez, vous pouvez vérifier. Deux cent dix mille à raison de dix-mille francs par carte.

— Merci ! Je suis à présent à l'abri d'une pénurie de riz et d'huile pendant plusieurs mois.

— Vous pourrez recevoir le triple de cette somme si vous et vos deux amis sympathisants de Faustin acceptez de me vendre vos trois cartes.

— Nous ne pouvons le faire. Ce serait annoncer ouvertement notre divorce d'avec Faustin. Car sans carte, nous ne pourrons plus nous présenter au niveau des différentes instances du parti.

— Ce que vous encourrez au niveau de votre parti

m'importe peu. C'est l'atteinte de mon objectif qui demeure primordiale : empêcher de potentiels électeurs de Faustin Ismaël de participer au vote. Et je suis prêt à mettre le prix fort. Cinq cent mille francs par carte. Cela te fera un million cinq cent mille francs. Tu seras le grand bénéficiaire. Toi, tu es un militant convaincu et engagé. Les deux autres ne font que te suivre. Tu pourras donc prendre le million et leur partager le reste.

Des jours s'étaient écoulés et voilà que j'entendis annoncer à la radio que deux fervents militants de Faustin avaient perdu leur carte d'électeur. J'étais persuadée que ces cartes avaient été dérobées par leur ami notable. La proposition de mon mari avait été alléchante. Un polygame à la retraite, avec une vingtaine d'enfants, pouvait-il cracher dessus. Lui, ses enfants, ses épouses de même que deux de ses frères de partis furent ainsi privés de leur droit de vote. Mais il venait de toucher là une somme pouvant lui permettre de nourrir sa famille pendant un bon bout de temps. Eh oui, nous vivions à une époque où, pour échapper à la précarité, certains étaient capables de vendre jusqu'à leur dernière parcelle de dignité.

• • •

Récupération politique

Nous étions à Yabouciré. Je ne savais pourquoi Birama avait beaucoup insisté pour que nous rendions visite à ma famille. Ma mère, mes frères et sœurs ainsi que tous mes proches parents étaient ravis de nous accueillir. Notre première nuit au village ne fut pas de tout repos. Nous reçûmes successivement une délégation des notables dirigée par l'imam, le bureau du groupement féminin et les dirigeants de l'association des jeunes. Ils y étaient allés chacun des doléances les plus réalistes à l'expression des souhaits les plus utopiques. Birama ne les contredit point. Il semblait même s'inscrire en droite ligne avec certaines de ces rêveries. Et, le connaissant, j'étais persuadée de sa supercherie. Je commençai alors à soupçonner les motifs réels de notre déplacement vers Yabouciré. Mon mari avait tout planifié. La date de l'élection présidentielle approchait à grands pas et il lui fallait élargir sa base politique. Ayant perdu toute attache avec son terroir natal, il avait décidé d'enrôler les miens. Ainsi, j'entendis Birama promettre monts et merveilles aux miens. Les femmes espéraient donc recevoir une unité industrielle de transformation de céréales et légumes locaux, même si la disponibilité du courant continu était un préalable. L'imam et sa délégation, eux, étaient impatients d'inaugurer une mosquée quatre fois plus grande que celle de l'époque. Car plusieurs villages environnants accomplissaient la grande prière du vendredi à Yabouciré. Beaucoup de fidèles s'acquittaient de cette recommandation divine en dehors de la mosquée devenue trop exiguë. Les jeunes, quant à eux, avaient hâte de mettre des godasses comme celles de Georges Weah et de courir derrière le ballon sur du gazon, en lieu et place de ce vaste terrain latéritique sans murs de clôture. Dieu seul sait combien de jeunes joueurs et de spectateurs avaient attrapé une maladie respiratoire au niveau de ce terrain. Une poussière rouge y poursuivait et les joueurs et le ballon.

Je me découvris alors épouse d'un homme cynique, opportuniste, avec des qualificatifs pires que ceux prêtés à Machiavel. Pressée de retourner en ville, je me montrai désagréable à son égard. Cela n'eut aucun effet. Birama était tel un chercheur de trésor qui se retrouve subitement dans la caverne d'Ali Baba. Il déploya la grosse artillerie : grosses sommes distribuées et des promesses très alléchantes. Il ne manqua pas cependant de commettre des bévues. Mon mari avait promis aux miens l'électricité et un poste de santé. La première promesse avait divisé les villageois. La cause : fallait-il accepter l'installation d'une électricité solaire proposée par ce politicien ou attendre le courant continu promis par les autres aspirants au pouvoir ? Certains soutinrent que le solaire ne permettrait d'accéder ni au réfrigérateur ni aux petites industries capables de créer des emplois. D'autres optèrent pour cette énergie solaire en attendant d'obtenir mieux. Et, l'entêtement des uns et des autres avait failli conduire à des heurts. N'eût été l'intervention du marabout du village, nous aurions assisté au pire.

Quant à moi, je me sentis plagiée, trahie. Mon époux était bien informé de l'état d'avancement du dossier que j'avais introduit au ministère de la Santé. Il savait que je m'étais beaucoup impliquée pour l'implantation d'un poste de santé dans mon village. Mais le voilà qui soutint devant les futurs bénéficiaires être l'auteur de toutes ces démarches. J'avais hâte qu'on rentre. Nous ne pouvions régler nos comptes au village. Il ne fallait nullement s'offrir en spectacle devant les gens de mon terroir, ceux-là qui ne savaient rien de mon ménage.

Sur la route du retour, alors que je croyais être au bout de mes surprises, le marabout de mon village appela sur mon téléphone portable. Il n'avait même pas salué et ne m'avait pas permis de le faire. Voici ce qu'il dit : «Dis à ton mari de ne plus remettre les pieds ici. À cause de lui, notre village est divisé en deux. Même ma famille, celle-là qui guide spirituellement notre communauté n'est pas en reste. Deux de mes frères se sont laissé acheter...» L'absence subite d'un réseau téléphonique l'interrompit. Et quand mon mari avait voulu savoir pourquoi je ne lui adressais plus la parole, je lui répondis par un regard méprisant.

• • •

Un domaine agricole

Le silence fut de mise jusqu'à notre entrée dans la capitale. Une heure devait normalement suffire à atteindre notre domicile. Mais voilà qu'un embouteillage monstrueux nous prit presque deux heures sur une distance de moins d'un kilomètre. Birama se rappela alors qu'il voyageait dans un véhicule officiel, une marque de voiture avec une plaque d'immatriculation que tout le monde reconnaissait. Il alluma alors le signal de détresse puis sortit de sa voie. Il se mit à rouler à vive allure sur la voie qu'empruntaient les véhicules venant en sens inverse. Ces derniers se rangèrent alors sur le bas-côté pour lui permettre de passer. Nous ne tardâmes pas à découvrir la cause de l'embouteillage. Un grave accident avait eu lieu et les trois véhicules impliqués occupaient toute la chaussée. Il y avait des morts et des blessés graves. Le chauffeur d'une des voitures était resté coincé sur son siège, avec le volant sur la poitrine. Des secouristes occasionnels s'entretenaient avec lui pour lui faire oublier sa peine. Les blessés avaient été extraits et étalés au bord de la chaussée. On nous affirma que les pompiers avaient été alertés depuis plus d'une heure. Nous ne pûmes continuer notre chemin. Une heure après notre arrivée sur les lieux de l'accident, aucun signe de voiture rouge avec un gyrophare. Même les appels répétés de Birama restèrent vains. L'homme coincé dans son véhicule finit par rendre l'âme. Nous quittâmes pendant que les pompiers s'activaient autour des blessés. Ce ne fut qu'en ce moment que mon mari m'avait donné la raison du retard des secours : il n'y avait pas d'ambulance disponible dans les casernes de sapeurs-pompiers les plus proches. Et même celle qui en disposait était à court de carburant.

Je fus surprise lorsque mon mari prit une bifurcation au lieu de rouler droit vers la ville. Nous dépassâmes des vergers et des troupeaux errants. La voiture s'immobilisa soudain devant un portail en bois. Un coup de fil de Birama et le portail s'ouvrit au bout de cinq minutes. Nous entrâmes avec la voiture. Je découvris un bâtiment majestueux entouré de nombreux arbres fruitiers. À l'arrière, la prairie s'étendait à perte de vue. Un homme qui n'avait rien à envier aux champions de lutte nipponne vint ouvrir la portière à mon mari. Il allait en faire de même pour moi. Je ne l'attendis point. Après les salamalecs, Birama m'entraîna vers les différents coins et recoins de ce domaine agricole qui me rappelait ceux des films retraçant la vie des esclaves dans les plantations brésiliennes. «Ceci est pour nous. Pour toi, pour nos enfants», avait-il dit, apparemment fier de lui. J'allais parler, mais il me coupa : «Je sais que tu as compris le sens de tous les actes que je pose depuis un bon bout de temps. Mais cela est dans notre intérêt. J'aurais tellement aimé pouvoir appliquer à la lettre tes conseils, mais nous ne sommes pas dans un monde qui se prête à tes aspirations, à ta philosophie. Nous sommes en Afrique. Le succès d'un homme politique ne peut guère dépendre de la probité morale, de l'éthique telle que vantée par l'illustre Sénégalais Kéba MBAYE. À chacun son tour. Je suis au pouvoir. Il faut que nous en profitions pour mettre nos enfants et même leurs descendants à l'abri du besoin. Ce domaine abrite des vergers, des troupeaux de divers ruminants domestiques et un poulailler. Le coût total de cet investissement est d'un milliard trois cents millions...» Je ne lui permis pas de poursuivre sa plaidoirie en faveur du pillage des deniers publics : «Dites-moi, mon cher, combien d'ambulances médicalisées pourrait-on acheter avec cette somme ? On pourrait même équiper un hôpital avec. Que me cachez-vous d'autre ? Peut-être un château en Suisse ? Un appartement à New York ? Un compte bien garni dans une banque suisse ? Des actions dans les plus grandes entreprises de Ndoumbélane?» Il ne répondit pas, se contentant de regagner le véhicule. Je ne lui adressai pas la parole jusque chez nous. Là, je lui fis part des propos du marabout de notre village; ce qui ne l'ébranla guère. Il affirma que ce marabout ne pouvait pas lui interdire l'accès au village : «Si lui ne veut pas de moi, ses deux frères, marabouts comme lui, de même qu'une bonne frange de la population locale me sont désormais favorables et je compte faire d'eux ma base politique».

Mon mari persista ainsi à enrôler les miens jusqu'au jour où le vase avait fini par déborder. Une querelle était survenue juste après un débat politique télévisé. La journaliste avait en face d'elle un partisan de mon époux et un fidèle de Faustin. Il paraît que la tension montait au fur et à mesure qu'un invité lançait des piques à l'autre. Eux deux étaient bien habillés, assis dans une salle climatisée. Chez moi, dans la lointaine campagne où les gens étaient assis serrés comme des sardines devant les rares écrans de télévision alimentés par des batteries de voiture ou un panneau solaire, des hommes suaient, se regardaient en chiens de faïence, étaient prêts à s'entretuer. À la fin de l'émission, les deux politiciens se serrèrent la main, sourirent chacun à l'autre. Dans mon village, cette fin d'émission était le coup d'envoi d'une bataille rangée où des gens d'une même famille s'étaient donné des coups de poing et même un coup de couteau. Hé oui, un coup de couteau. Un couteau dont la lame avait failli rompre la carotide d'un de mes cousins germains. Un homme avait failli tuer son frère. La blessure avait été tellement délicate qu'elle nécessitât une évacuation d'urgence à Seimping.

Je me rendis aussitôt à l'hôpital où avait afflué tout ce que Seimping comptait comme ressortissants de Yabouciré. À mon arrivée, tout le monde s'était tu et tous les regards étaient rivés sur moi. Quoi de plus normal? J'étais, pour la plupart des gens, la principale responsable de ce désordre. Seul le marabout du village avait daigné m'adresser la parole. Lui seul avait deviné ma blessure secrète. Ah oui! Ce marabout méritait bien son titre. C'est lui qui m'avait aidée quand, alors que j'étais petite fille, ma mère avait voulu mettre un terme à mes études. Il me fit part de l'atmosphère délétère qui régnait à Yabouciré. Le village était meurtri. Jamais pareil événement ne s'y était produite. Et moi, j'étais tenue pour responsable. On n'évoqua même pas le nom de mon mari. Seul le mien revenait sur toutes les lèvres. Cependant, si certains, naïfs, étaient convaincus de ma culpabilité, d'autres, mesquins, voulaient profiter de cette situation pour me régler mon compte. C'était là une aubaine pour tous ceux qui s'étaient opposés à la scolarisation des filles. C'était également une occasion à ne pas rater pour les proches de mon ex-mari. Je quittai alors l'hôpital, car je ne pouvais plus supporter toute cette méprise qui se lisait dans le regard des miens.

Birama et moi vécûmes alors notre première dispute, après une dizaine d'années de mariage. Je lui reprochais d'avoir terni mon image, d'avoir trahi la République. Lui, il soutint que j'étais bête de penser qu'on pouvait servir ses concitoyens sans se servir soi-même, que je vivais dans un monde utopique. Selon lui, je vivais, bien en retard, ma crise d'adolescence «car il n'y a que les adolescents pour croire à la pertinence et à l'effectivité de certains principes». Il ne voulait même plus m'écouter. Il n'était plus celui-là qui prêtait une oreille attentive à mes avis. C'est à ce moment que l'idée d'une séparation me traversa l'esprit. Pouvais-je continuer de vivre aux côtés d'un tel homme? Un homme au cynisme manifeste, un animal politique. Je me demandais même si l'adjectif «machiavélique» ne devait pas évoluer. Car même si l'idée que l'on se fait de Machiavel était exacte, des hommes de la trempe de Birama mériteraient de voir leur nom affixé pour obtenir un qualificatif digne des actes les plus vils, les plus bas. Bien que convaincue de la pertinence d'un divorce, je n'en fis pas part à cet homme. Dans son domaine agricole, il avait dit qu'il savait que j'étais au courant de ses manigances. Avait-il fait allusion aux actes posés à Yabouciré? Se doutait-il de mon niveau d'information sur les manipulations politiciennes menées depuis le salon de notre domicile? Avec un homme d'une telle animosité, il fallait se montrer prudent. Il me fallait faire semblant d'être une épouse docile, acquise à la cause de son homme et attendre le moment opportun. Je pus cependant obtenir de mon époux l'autorisation de me rendre à Yabouciré, avec le prétexte que je me devais d'être au chevet de mon cousin blessé. J'en profitai pour faire disparaître les dissensions. Les différents belligérants avaient prêté une oreille attentive à mes explications.

•••

Baume

C'était le moment des vacances gouvernementales. Birama s'était présenté avec deux billets d'avion et une réservation pour un grand hôtel en Europe. Il trouvait nécessaire « un voyage pour se changer les idées ». Un seul hic : mon congé annuel devait avoir lieu deux mois plus tard. Mon époux me supplia de l'avancer. Ce que je finis par faire. Mes patients qui avaient déjà pris rendez-vous allaient être orientés vers d'autres médecins. Le directeur de l'hôpital n'avait pu que se plier à la volonté de mon mari, de surcroît un ministre d'État, ministre de l'Intérieur. J'allai alors en Europe la mort dans l'âme. Quel paradoxe ! Au moment où moi je m'offusquais de ce voyage forcé, des milliers de mes compatriotes risquaient leur vie pour atteindre les côtes occidentales. Hé oui, nous assistions à une drôle de traversée de l'Atlantique et/ou de la Méditerranée. Si entre le quinzième et le dix-neuvième siècle, les Africains noirs, dans les cales de bateaux négriers, allaient contre leur gré vers l'Amérique, au vingt et unième siècle, les petits-fils des rescapés fuyaient leurs terres pour échouer, quel qu'en soit le prix, sur les berges jadis honnies. Car le dominateur blanc était désormais remplacé par un dictateur à la peau d'ébène. L'objectif des Diallobé de Cheikh Hamidou KANE avait été détourné. L'enfant africain avait été à l'école du Blanc « pour apprendre l'art de vaincre sans avoir raison ». Malheureusement, à l'issue de son cursus, l'ancien élève noir ne s'était pas mis face au Blanc, mais s'était transformé en nouveau pilleur des biens jadis exportés vers l'Europe. La destination était toujours la même. Seule la main de l'expéditeur avait changé. Ce n'était plus un colon qui envoyait vers sa patrie la contribution forcée de la terre conquise. C'était désormais un Africain naïf, gros bébé ventru et égocentrique, qui pensait mettre l'argent volé à l'abri. De l'argent qui permettait encore à l'ancienne métropole de faire des investissements en attendant que le détenteur du compte daignât s'en souvenir. La banque n'avait aucun souci à se faire en cas de non-disponibilité de la somme. Le dirigeant africain n'effectuait que des versements, les décaissements n'ayant lieu qu'en cas de chute du régime auquel il appartenait. Et puisque l'absence de démocratie permettait aux gouvernants de se maintenir longtemps au pouvoir, le banquier n'avait pas de souci à se faire. Et vous ne pourrez jamais imaginer les mots qui naissent dans la tête de la caissière blonde, rousse ou brune qui reçoit le versement. À haute voix, elle dit : « Bonjour ! Merci Monsieur ! Merci d'avoir fait confiance à la Banque de… ». Dans son for intérieur, ces mots s'entrechoquent : « Gros con, grand voleur… »

Dans ce pays au visa presque inaccessible, mon mari avait dépensé des sommes astronomiques pour, disait-il, me « mettre un baume au cœur ». Bijoux en or — il y en avait même un en diamant —, vêtements cousus par des couturiers de renommée internationale, chaussures de luxe, rien n'était laissé de côté. Il ne pouvait nullement acheter mon oubli, mon pardon, mon silence, ma complicité. Aucun baume ne pouvait se mesurer à l'ampleur de ma déception.

•••

Sacre

Retour à Ndoumbélane où m'attendait une bonne nouvelle. Dans notre boîte postale se trouvait une correspondance du jury d'un grand prix littéraire. Elle annonçait mon élection au titre de Prix Nobel de littérature. Birama ne manifestait toujours pas son intérêt à mes succès littéraires. Il accepta tout de même de m'accompagner à l'aéroport pour un vol de nuit. Ce fut lui qui était également venu me chercher. Sauf qu'il y eut cette fois des admirateurs dans le hall d'accueil. Mon nom fut scandé pendant un long moment et j'eus du mal à rejoindre la voiture de Birama. Tous ces admirateurs avaient voulu serrer la main de celle qui était devenue la nouvelle «coqueluche de la littérature ndoumbélanaise et africaine». Mon mari, lui, se contenta de me lancer un «Félicitations!» forcé.

Le lendemain, au réveil, Birama me présenta une invitation de la Présidence de la République. Je devais recevoir une récompense des mains de Blaise ABOUDI. Les informations livrées par une chaîne radio perturbèrent mon petit-déjeuner. Celle-ci annonça une grève des étudiants qui réclamaient le paiement de leur bourse mensuelle. Mon mari me déposa au palais présidentiel sous haute surveillance policière. Je découvris une grande salle contenant des dizaines d'autorités politiques. Certains visages m'étaient familiers. Une grande ovation succéda à la voix du maître de cérémonie qui venait d'annoncer mon arrivée. Le ministre de la Culture et le président de l'association des écrivains prirent successivement la parole. Le premier se dit ravi qu'une écrivaine pût lui offrir des lauriers comme le font les sportifs pour leur ministre de tutelle. Le second, quant à lui, m'invita à rejoindre son association. Fallait-il être illustre écrivain pour faire partie de sa caste d'hommes de Lettres ? Avant cette cérémonie, je n'avais jamais eu le « privilège » de prendre part aux activités de cette association. Écrivait-on pour avoir accès à un cercle fermé d'hommes de Lettres ? Fallait-il appartenir à cette association pour être considéré comme écrivain ? Mon roman était pourtant sur les rayons des librairies il y avait de cela dix-huit mois. Tous deux avaient fait mes éloges. J'en fus surprise. Aucun des deux ne me connaissait personnellement. Comment pouvaient-ils se permettre un jugement de valeur sur ma personne ? Pourquoi s'étaient-ils évertués à parler de ma personne et non de mon style d'écriture. N'était-ce pas le succès enregistré par mon roman qui nous regroupait dans cette salle ? Le Président de la République prit la parole en dernier. Il me remercia d'avoir honoré son pays, me félicita avant de m'adresser les encouragements de tout le peuple ndoumbélanais. Après m'avoir serré la main, le Président de la République me remit une lourde serviette dont j'ignorais le contenu. Tout le monde se dispersa dans la vaste cour parsemée d'arbres et de fleurs. Birama s'excusa de ne pouvoir me raccompagner jusqu'à la maison. Il avait « un dossier urgent sur le bureau du Président ».

— Et si on faisait un tour à l'université ? proposai-je au chauffeur dès que je finis de découvrir l'importante somme d'argent contenue dans la serviette.

— Est-ce prudent, madame ? Il y a une grève des étudiants avec des jets de pierres. Et puis, notre plaque d'immatriculation attirera forcément l'attention.

— Prenez la direction de l'université. Approchez-vous le plus possible. Je ferai le reste du chemin à pied.

Une fois à l'intérieur du « temple du savoir », je m'approchai d'un guichet de vente de tickets pour repas. Le vendeur ne disposait pas des milliers de tickets dont j'avais besoin. Il fit venir plusieurs de ses collègues. Vingt minutes plus tard, je m'assis sur un banc distribuant des tickets gratuits aux passants.

Le lendemain, j'appris au journal parlé que le marabout de mon village avait imité mon geste : il s'était déplacé jusqu'à Seimping pour remettre aux étudiants la grosse somme d'argent que Birama avait offerte à ses frères. Il s'était ainsi débarrassé des liasses qui avaient semé la discorde au sein de la famille religieuse.

•••

Colère noire

Birama éteignit brusquement la télévision et quitta aussitôt le salon. Il ne pouvait plus continuer à supporter l'acclamation d'une foule d'étudiants qui criaient mon nom et celui du chef religieux. Je la rallumai puis en augmentai le volume. Il revint alors énervé, manqua de peu de renverser un vase en porcelaine sur son chemin et éteignit à nouveau la télé. Sa gifle rata de peu ma joue gauche. Une de ses ongles y avait cependant laissé une égratignure superficielle. L'élan de la feinte que j'avais entreprise me fit vaciller puis tomber sur le divan. Mon mari, avare en paroles, s'empara des clés de sa voiture puis disparut. Mais oui, mon époux avait tenté de me frapper. À son grade de bête politique, il venait d'ajouter, par ce geste, celui de bourreau des femmes.

Alors que j'étais sous la douche, un bruit de voix me parvint de diverses directions. C'étaient des voix d'hommes avec en arrière-plan le froufrou de papier qu'on fouille. Je finis vite de me laver puis sortis de la douche à pas de loup. Deux personnes en tenue treillis étaient debout dans le salon et donnaient des ordres aux autres éparpillés dans les différentes pièces de la maison. Au moment où je réfléchissais sur la démarche à adopter pour sortir de la maison, deux mains puissantes me soulevèrent et je me retrouvai, en l'espace de quelques secondes sur l'épaule d'un homme fort et élancé. Il me déposa sur un fauteuil du salon. Je fis ainsi face aux deux militaires. L'un d'eux s'approcha. Je tremblai alors terriblement. Un autre homme en treillis se dirigea vers moi alors que mon corps n'était couvert que par le peignoir qui m'arrivait à peine aux genoux.

— Bonjour, madame KONATÉ ! Ravi de faire votre connaissance. Et j'espère que ce sera réciproque.

Il jeta sur mes genoux un tas de papiers qui volèrent dans tous les sens. Je pus déchiffrer sur une feuille des mots qui me donnèrent des sueurs froides. Il s'agissait des pages de mon second manuscrit, roman dans lequel j'avais exprimé toute mon indignation par rapport aux xénophobes de Yabouciré et aux mauvaises pratiques politiciennes de Birama.

— Madame joue à l'écrivaine engagée. N'est-ce pas de l'ingratitude à l'endroit de votre mari ? Pour commencer, vous allez me dire le nom de celui qui se cache derrière vos écrits et actes.

— Je ne comprends pas.

— Quel est le nom de celui qui vous a conseillé de redistribuer l'argent du président aux étudiants ? Qui a commandité l'écriture de cette « bombe » contre le régime de Blaise ABOUDI ?

— J'assume toute la responsabilité de mes faits et gestes.

— Ne jouez pas avec le feu, madame. Vous répondez à nos questions et nous disparaîtrons aussitôt de votre vue. Vous pourrez aller vous habiller tranquillement. Qui est derrière les actes que vous posez ?

— Pourquoi voulez-vous qu'il y ait quelqu'un derrière mes actes ? Ah, les politiciens et leurs bras armés ! vous voyez l'ennemi politique derrière toute action intelligente qui rame à contre-sens du vœu présidentiel. N'est-ce pas une insulte au peuple que de le croire incapable d'ingéniosité ?

Une violente gifle vint m'imposer le silence. Cet homme venait de me rappeler que j'avais affaire à un militaire. Le fait qu'il n'eût pas usé de force depuis le début m'avait donné le courage de tenir un discours peut-être rebelle à ses yeux. Il claqua des doigts et deux de ses hommes se saisirent de moi pour, une fois en dehors de la maison, m'embarquer dans un véhicule sans immatriculation. On me banda les yeux. J'étais consciente des arrêts, des virages, mais ne pouvais avoir la moindre idée de l'endroit vers lequel l'on me menait.

Au bout d'une demi-heure, j'entendis une lourde porte s'ouvrir. La voiture avançait sur une voie descendante sur une dizaine de mètres. Le moteur éteint, je sentis une paire de menottes se refermer sur mes poignets. L'on me fit ensuite avancer, tourner à droite puis à gauche, à gauche puis à droite, descendre ou monter un court escalier. Je fus finalement installée sur une chaise et, quand le scotch fut ôté de mes yeux, j'eus du mal à voir aussitôt les détails de la pièce dans laquelle l'on m'avait installée. Ensuite apparurent un écran de télévision auquel je faisais face, deux matraques électriques posées sur une table, un poignard pendant sur un clou planté au mur. C'était là tout ce qu'il y avait comme décor. Il n'y avait aucune ouverture, mais, moi, j'avais froid. Froid à cause du microclimat, mais aussi à cause de la peur qui aurait habité toute femme dont le corps n'est protégé que par un seul peignoir et à la merci d'hommes armés.

Leur chef apparut avec une matraque comme celles posées sur la table. Il ôta sa chemise militaire pour se retrouver torse nu. Avait-il chaud? Cherchait-il juste à m'impressionner? Il s'approcha puis se pencha vers moi. Sans mot dire, il activa sa matraque électrique avant de la poser sur mon avant-bras droit. Une douleur atroce s'empara de tout mon corps. La matraque avait été appliquée à mon bras, mais la douleur se faisait sentir partout.

— Donne-moi le nom de ton patron sinon nous allons te faire passer un sale quart d'heure.

Il me tutoyait à présent. Le ton de sa voix s'était durci. Son visage s'était obscurci. Il m'asséna une autre décharge électrique. Je sentis mon organisme faiblir.

— Donne-moi le nom que tu cherches à protéger. Nous allons passer à un supplice plus douloureux.

Il joignit aussitôt l'acte à la parole. La lame de son poignard se promena à présent sur plusieurs parties de mon corps, m'effleurant à peine la peau.

— Si dans cinq minutes je n'ai pas la réponse attendue, tu verras tes doigts partir. Ceux de ta main gauche d'abord puis ceux de ta main droite. Peux-tu t'imaginer écrivaine sans doigts. Comment tiendras-tu ton écritoire ? Comment parviendras-tu à manier les touches du clavier de ton ordinateur ? Qui t'a conseillé de redistribuer l'argent du président ? Qui t'a demandé d'écrire ce roman ?

— Le peuple !

Alors là, mon interlocuteur sembla vouloir mettre fin au dialogue. Je sentis le poignard s'enfoncer dans la chair du pouce de ma main gauche. N'eût été la porte qui s'était ouverte pour laisser entrer Birama, j'aurais perdu ce doigt. Le militaire se redressa et accueillit avec un large sourire celui qui semblait être de connivence avec eux. Celui-ci, après avoir serré des mains, émit le vœu de regarder la télévision. Je me rendis compte qu'il voulait que je regardasse ce qui s'y passait. On y annonçait la disparition de l'écrivaine Assouma, nouvelle coqueluche de la jeunesse ndoumbélanaise. On avait d'abord montré Birama qui s'inquiétait de la « disparition mystérieuse » de son épouse. À cette image avait succédé celle des étudiants et élèves manifestant leur mécontentement dans les rues de Seimping. Tous réclamaient la libération de leur idole. La thèse de l'enlèvement était la mieux partagée. Et, puisque Birama était du côté du pouvoir, l'auteur d'un tel acte, d'après l'opinion publique, ne pouvait être que dans le camp de l'opposition. L'approche de la présidentielle étant une bonne justification.

— Tu vois bien que les pistes sont brouillées. Personne ne viendra te chercher ici et moi, je suis à l'abri de tout soupçon, menaça Birama.

— Eh oui ! Elle a intérêt à donner le nom de son complice, appuya l'homme au poignard.

J'avais peur, mais il ne fallait pas le faire voir à mes bourreaux. Birama m'aida à mettre un taille-basse en wax qu'il m'avait apporté, fit éteindre la télé et partit en intimant l'ordre de me « faire sortir le ver du nez ». Son complice ne se fit pas prier. Il posa la lame du poignard sur mon pouce gauche. Je sentis une pression plus forte qu'avant l'arrivée de Birama. Du coin de l'œil, je vis le sang gicler de mon doigt. La lame s'était enfoncée dans la maigre chair et reposait à présent sur l'os.

— Qui t'a demandé d'écrire ce brûlot ?

— Le peuple !

Des larmes tombèrent sur mes cuisses nues. L'homme appuya davantage sur le manche de son poignard.

Un léger cri s'échappa de ma bouche. Pourtant, j'avais les lèvres serrées fortement l'une contre l'autre pour étouffer tout signe de faiblesse. Alors que je m'employais à camoufler ma détresse, une douleur atroce s'empara de tout mon corps puis ce fut comme si on venait de m'inculquer une dose d'anesthésie. Un bref instant après, la sensation de douleur se localisa au niveau de ma main gauche. Je me penchai et vis une partie de mon pouce à même le sol. Sans chercher à savoir si cette mutilation avait produit les effets escomptés, mon bourreau posa immédiatement après la lame du poignard sur mon index gauche.

Au moment où le militaire commençait à enfoncer le fer dans ma chair, la porte vola en éclats. Des hommes armés habillés en vestes grises pointèrent leurs armes sur mes bourreaux surpris. Ces derniers se tinrent cois. Les nouveaux assaillants me libérèrent avant de faire entrer Faustin Ismaël, leur chef. Un homme venu de derrière lui braqua son revolver sur les hommes tenus en respect et les abattit l'un après l'autre. Seul l'homme au poignard avait tenté de se défendre, mais en vain.

— Rassure-toi, ma chérie. Il ne t'arrivera rien. Ces incapables, à court d'arguments idéologiques, n'ont rien trouvé de mieux que de me mettre sur le dos la colère du peuple. Comment ne pas provoquer l'ire populaire en mettant en danger la vie de celle qui est désormais considérée comme «la guide de la révolution». Une copie des pages de votre manuscrit est à présent dans tous les foyers ndoumbélanais. J'avoue que cela ne me surprend guère. Votre intervention au

cours d'une de nos réunions tenue chez vous il y a des
années de cela m'est toujours restée à l'esprit. Je trouve
vos idées pertinentes.

Ces paroles de Faustin m'avaient rassurée. Ses hommes m'aidèrent à me relever et nous sortîmes sous une
forte escorte. Une dizaine de 4X4 aux vitres teintées
nous attendait dehors. L'on me fit monter à côté de
Faustin avant que le cortège ne démarrât en trombe.
La radio de notre véhicule annonça que les recherches
pour retrouver Mme Konaté étaient très avancées.

— Je vous amène chez moi. Des journalistes nous
y attendent. Vous leur raconterez tout ce que vous
venez de vivre…

Il n'avait pas fini son propos lorsque les véhicules
en tête de cortège freinèrent brusquement. Le nôtre en
fit de même. Une rafale de balles obligea notre chauffeur à manœuvrer et à faire demi-tour. Pendant que
nous battions en retraite avec deux autres véhicules,
les autres firent face aux tirs pour nous couvrir. Après
une vingtaine de minutes de course sans être poursuivis, nous nous arrêtâmes. Nous étions en bordure de
mer. Les habitations les plus proches se situaient à un
peu plus d'un kilomètre. «Descends et cours vite en
longeant la plage. Marche dans l'eau pour ne pas laisser de traces. Arrivée à hauteur des habitations que tu
aperçois là-bas, tu frapperas à une des portes. J'espère
que tu auras ainsi plus de chance qu'en restant avec
nous. Les hommes d'Aboudi ne vont pas tarder à nous
retrouver. Vas-y! Cours!», m'intima Faustin.

Je pris alors mes jambes à mon cou, frôlant parfois

des épines et des fils de fer barbelés. Arrivée à la mer, je longeai la plage en marchant dans l'eau. Le sel me permit de situer mes plaies et égratignures. La douleur me rappela que ma main gauche ne comptait plus que quatre doigts. Je ne pouvais que résister et continuer à marcher dans l'eau. Marcher sur le sable marin n'aurait fait que faciliter la tâche à d'éventuels poursuivants. C'est donc au bout de rudes efforts que je suis arrivée à votre domicile. Et la suite vous la connaissez.

Epilogue

Cela fait six jours que la main blanche s'est mise à
imprimer sur le papier blanc les paroles débitées par
cette bouche à la peau d'ébène. Les seuls moments
de répit sont consacrés à la satisfaction des besoins
élémentaires. Ives prend la précaution de demander à
Assouma de lire pour vérifier la fidélité des écrits par
rapport à son discours oral. Il envoie ensuite le manuscrit vers sa boîte mail et range le papier dans un coffre.
Depuis l'arrivée d'Assouma, Ives ne mange plus au
restaurant. Il lui suffit simplement de s'approvisionner
en condiments. La «guide de la révolution» se charge
de lui préparer des mets africains et même occidentaux, comme pour apporter la réplique aux hommes
qui se méfient des femmes intellectuelles. Ils finissent
par sympathiser.

Assouma est ainsi obligée de vivre retranchée dans
cette villa «pieds dans l'eau». Elle y suit l'actualité grâce à la télé et la radio. Ives ne manque pas de revenir
de ses courses avec plusieurs quotidiens d'information
à la main. Deux faits dominent l'actualité : la prochaine
élection présidentielle et les nombreuses marches pour
protester contre des réformes initiées par Blaise. Et
il arrive que les manifestants scandent le nom d'As-

souma considérée désormais comme leur guide. Tous demandent à ses ravisseurs de la libérer. Les querelles entre bandes armées sont, elles aussi, relatées. Les journalistes n'ont cependant pu en dire que ce qu'il y avait de superficiel. Nul ne peut deviner l'identité des commanditaires, des hommes au col blanc, parmi lesquels Birama.

Birama est seul dans son salon. Voilà des jours qu'il tente de découvrir la cachette de celle qu'il peut désormais considérer comme son ex-épouse. Le savoir-faire de tous les services de renseignements de l'État est mis à contribution. Car il s'agit là d'une affaire d'État et la raison d'État aidant, tous les moyens doivent être mobilisés pour ne pas sombrer. Birama a même engagé deux détectives privés à l'insu de son mentor du moment, le Président de la République. Mais une semaine s'est écoulée sans qu'il n'ait aucun signe de vie d'Assouma. Il est même touché dans son orgueil d'homme à l'esprit alerte, de cerveau du régime d'Aboudi. Comment sa propre épouse peut-elle échapper à son contrôle ? N'est-ce pas là, aux yeux du Président, un signe d'incompétence de la part de celui sur les épaules duquel repose la bonne marche de ses services secrets ? Il se promet alors de déployer davantage de ressources afin de mettre fin à la cavale de son épouse. Une seule chose est certaine : Faustin Ismaël sait où est terrée celle qui est en passe de devenir la femme la plus célèbre de Ndoumbélane». Dans d'autres circonstances, il serait très fier des prouesses d'Assouma. Mais là, celle-ci est une adversaire et une adversaire de taille. Il suffit que ses idées soient vulgarisées et assimilées par le peuple pour assister à la fin de leur règne.

Le téléphone sonne au moment où le ministre de l'Intérieur est absorbé dans ses pensées. Il répond et entend la voix du Président : «Birama, avez-vous eu écho des manifestations de la rue? La situation devient de plus en plus délicate. Les écrits de madame votre épouse ont dopé la jeunesse. On dirait qu'ils n'ont plus peur de la police. Malgré les arrestations et brimades, ils continuent de plus belle…» La voix de celui qui fait frémir beaucoup de Ndoumbélanais se fait toute douce lorsqu'elle s'adresse à son ministre de l'Intérieur. Celui-ci ne lui a même pas laissé le temps de terminer son propos : «Mais, M. le président, voilà deux jours que je tente de vous convaincre pour un ordre de tirer. Il suffit d'en tuer deux ou trois pour que les autres regagnent leur domicile».

— Vous savez très bien que toutes les caméras du monde sont braquées sur Ndoumbélane. Cela fait des jours que nous sommes à la une de la presse européenne. Il n'y a que les Ndoumbélanais qui ne voient pas les images de leur propre pays, car j'ai intimé au directeur général de la radiotélévision nationale l'ordre d'occulter ces événements. Tes hommes interdisent à notre chaîne de télé privée de prendre des images, mais ne peuvent rien contre la témérité de ces dizaines de journalistes européens. Faustin était hier l'invité d'une radio occidentale. Il a rappelé tous les crimes restés impunis jusqu'ici de même que les arrestations arbitraires.

— Nous ne devons pas nous laisser intimider par

l'opinion occidentale. Nous n'avons aucune leçon de démocratie à recevoir d'eux. Ndoumbélane n'est plus sous le joug colonial…

— Mais, je crois que vous ne mesurez pas l'ampleur des menaces qui pèsent sur moi. Certains chefs d'État préviennent d'ores et déjà. Ils ne m'offriront pas un lieu d'asile, en cas de chute. Des organismes internationaux œuvrant pour le respect des droits de l'homme commencent à parler de Cour pénale internationale. Une indiscrétion a dévoilé sur deux pages d'un journal ayant pignon sur rue tous les biens meubles et immeubles que je détiens à travers l'Europe et l'Amérique. Et, cet article a apparemment fait mouche puisqu'une confiscation de tous ces biens est préconisée. Ne croyez-vous pas qu'il faut arrêter pendant qu'il est encore temps, pour ne pas alourdir davantage le dossier du pool d'avocats qui plaideront probablement la cause de mes victimes ?

— Je suis d'accord avec vous, mais je vous prie de m'accorder trois jours, trois petits jours pour calmer les ardeurs de cette foule de contestataires. Ils se réclament de la société civile, mais sont tous, autant qu'ils sont, sous les ordres de nos adversaires politiques. Ce n'est pas le moment de faiblir. Nos ennemis sont les instigateurs de toutes ces réactions que l'on dit spontanées. Permets-moi de faire usage de balles réelles deux ou trois fois et notre route sera balisée vers un autre mandat présidentiel.

— Où en êtes-vous avec le cas de madame votre épouse ?

— Mes hommes sont si près du but. Elle sera entre nos mains demain au plus tard.

Pour répondre à cette question du Président, Birama a dû contenir un signe de désarroi qui se serait manifesté par une rougeur de peau si la sienne était blanche. Mais Aboudi, dictateur invétéré n'ayant aucune notion de psycholinguistique, n'a rien remarqué.

— Oh! excusez-moi, M. le Président. J'allais oublier la question cruciale de l'École. Je crois savoir comment mettre fin à cette grève des enseignants.

— Ah oui! Et comment?

— Je trouve notre ministre de l'Éducation trop frileux et trop respectueux des normes. Il ne serait pas mal de le remplacer par quelqu'un que je pense être à la hauteur de nos attentes.

— Qui est votre homme?

— M. Mballo kadidiou, ce malheureux candidat au poste de secrétaire général du Syndicat unique des Enseignants de Ndoumbélane(SUEN). Il avait toutes les chances de remporter cette échéance électorale. C'est au dernier moment que le critère de non-appartenance à un parti politique a permis à son adversaire de le clouer au pilori. Depuis, il est très malheureux et n'arrive toujours pas à digérer cette défaite. Je crois que c'est l'homme qu'il nous faut. Il a accompagné pendant une vingtaine d'années les différents secrétaires généraux qui se sont succédé à la tête de son syndicat. Cela lui a permis de connaître tous les rouages de la lutte syndicale. Le sida ne disparaîtrait-il pas si un jour le VIH décidait de se ranger du côté des globules blancs ? Si dans les quarante-huit heures vous faites de lui ministre de l'Éducation, je promets que cette grève sera bientôt un mauvais souvenir. Il suffira de me l'envoyer juste après sa nomination.

— Un nouveau gouvernement verra le jour dès demain soir. Mais sache que nous avons intérêt à résoudre tout cela au plus vite. S'agissant de l'ordre de tirer, je vous laisse en décider…

— Merci, M. le président !

• • •

La place Concorde refuse du monde. Une foule compacte fait face aux policiers qui usent et de grenades lacrymogènes et de matraques électriques. Un écho couvre le bruit émis par les armes lâchant les fumigènes : «Vive le peuple ! Vive Assouma ! Vive la démocratie ! Vive la Constitution ! À bas la dictature ! À bas cette police partisane ! À bas ces juges à la solde de Blaise !».

Les policiers tentent de contenir la foule, mais en vain. Ils sont surtout gênés par les jets de pierre. Hé oui, les images de l'Intifada menée en terre palestinienne ont fait mouche en Afrique.

Alors que les policiers font face à la foule, leur chef, assis dans un véhicule pick-up garé non loin du lieu d'affrontement, rend compte à son ministre de l'intérieur. Cela fait des heures qu'il relate les événements tels qu'ils se déroulent. Son véhicule n'a pas manqué de reculer plusieurs fois puisque ses hommes ont battu plusieurs fois en retraite. Il raccroche subitement, descend du pick-up et se dirige vers ses hommes.

Les hommes et femmes au premier rang des manifestants sont ravis de voir les policiers reculer, et le *no man's land* s'agrandir. Dans leur fougue, que l'on peut retrouver chez tout assaillant qui sent son vis-à-vis céder du terrain, les contestataires n'ont pas remarqué la communication par signe de main des hommes de tenue. Leur chef, téléphone collé à l'oreille gauche, fait un signe à son adjoint ; celui-ci en fait de même et deux manifestants situés aux avant-postes tombent aussitôt. Ceux qui sont à leurs côtés lancent alors un cri de panique lorsqu'ils se sont rendu compte que la police a fait usage d'arme à feu. On sent les rangs se desserrer. La foule compacte a viré de la forêt amazonienne à la steppe sahélienne. C'est le sauve-qui-peut. On court à qui mieux mieux. La police souffle enfin. Le canon cesse de cracher des étuis de gaz fumigène. Le bruit de bottes, de sandales et de *tick-ticks*[1] fait place à un silence assourdissant.

Les manifestants sont à présent à des centaines de mètres du lieu de chute des nouveaux martyrs. De l'autre côté, en face d'eux, les hommes en treillis et en casque, fiers de se faire craindre, guettent le moindre geste suspect du peuple. Ce peuple qui retient son souffle parce que deux personnes gisent sur le bitume chaud. Nul ne sait de qui il s'agit. Il faudra quelques mi-

---

1. Chaussures en plastique généralement portées par des gens infortunés

nutes d'attente pour connaître l'identité des victimes. Et l'on peut aisément imaginer que nul Ndoumbélanais ne souhaite les connaître. Ce qui n'est nullement de l'égocentrisme ou de l'égoïsme. C'est simplement un réflexe humain. C'est comme lorsqu'on apprend une mauvaise nouvelle à la radio. L'on ne se sent pas immédiatement concerné jusqu'au moment où des noms sont énumérés. Et même quand on entend un nom familier, le réflexe premier est de se dire que ce n'est pas celui que l'on connaît. Il faut nécessairement avoir le visage en question en face de soi pour s'en convaincre. Quelle douleur alors! «Pourquoi lui et pas un autre?», se demande-t-on et à juste raison. «Il y avait des centaines de manifestants. Pourquoi a-t-il fallu que mon ami soit la seule victime?», se plaint-on.

Un 4X4 blanc estampillé d'une croix rouge aux quatre côtés surgit d'une ruelle entre les manifestants et les policiers. Il fonce droit vers les deux personnes qui gisent par terre. La foule, sans réfléchir, fait quelques pas en avant, mais est dissuadée aussitôt par une grenade lacrymogène.

Toutes les radios et télévisions du monde ont relaté la répression meurtrière survenue à Seimping. Seule la télévision ndoumbélanaise, celle dont les agents sont à la solde de Blaise Aboudi est en reste. «C'est une campagne de diabolisation de mon régime», a soutenu le Président-dictateur. «Nous n'avons de leçon de démocratie à recevoir de quelque pays que ce soit», intervient Birama pour soutenir son mentor. «Et puis personne ne pourra prouver que les balles extraites des corps

proviennent d'armes policières. », argue-t-il. L'unique
télévision de Ndoumbélane a donc une caméra borgne
lorsque le peuple s'exprime et des caméras à infrarouge
dès que Aboudi et ses proches ouvrent la bouche.

Ives vient de garer sa voiture à une centaine de mètres de chez lui. Il regarde sur ses rétroviseurs, attend
un moment avant de descendre. Un détour à travers
des rues puis cap vers la plage. Il s'assit sur le sable marin comme les autres personnes présentes sur les lieux.
Après s'être assuré qu'il n'est pas suivi, Ives se dirige
enfin vers chez lui. Avant de toucher au poignet du
loquet de sa porte, il jette un bref regard à gauche puis
à droite. Il pousse un cri d'épouvante dès que sa tête a
fini de dépasser le cadre de la porte. Des corps d'hommes tenant une arme à la main gisent par terre. Ils por-
tent tous une tenue militaire. La main à la bouche, à
l'image de quelqu'un qui cherche le chemin pour aller
vomir, Ives court vers le salon. Il manque de s'évanouir
lorsqu'il aperçoit le corps sans vie d'Assouma. Elle est
couchée à même le sol, à côté de Faustin Ismaël, tué
par balle lui aussi. Elle tient un stylo dont la pointe est
fixée sur un papier blanc. Faustin, lui, détient un revolver. Ives essaie de deviner ce qui s'est passé en son
absence. Mais son instinct premier lui dicte de vider les
lieux. Il se penche alors vers Assouma, lui arrache la
feuille de papier de la main, fait fermer les paupières, la
couvre, met quelques affaires dans un sac à dos et sort
vite de chez lui. C'est en course folle que le correspondant de presse européen est arrivé à la route bitumée.
Il hèle un taxi qu'il quitte au bout d'une vingtaine de
minutes. Il en prend aussitôt un autre qu'il quitte cette

fois devant l'ambassade de son pays. À l'intérieur, on lui permet d'ouvrir sa boîte mail. Il fait imprimer le texte qu'il avait écrit sous la dictée de sa défunte amie. L'ambassadeur en fait plusieurs copies.

La voiture de l'ambassade finit de se garer dans le parking réservé aux officiels. L'ambassadeur descend et tient Ives par la main. Ils entrent ensemble sans être inquiétés par les policiers. Au niveau du hall d'embarquement, le diplomate serre la main au journaliste et lui souhaite bon voyage. Il reste sur place, regardant Ives s'approcher de l'avion. «L'affaire est bouclée», dit-il lorsqu'il voit son concitoyen disparaître dans l'avion.

Cela fait une dizaine de minutes que l'avion roule pour aller prendre l'élan nécessaire à son décollage. C'est le moment choisi par Ives pour lire la note laissée par Assouma avant de rendre l'âme. Voici ce qu'il lit : «Ô peuple mon beau peuple ! Faites en sorte que le combat que je menais ne soit pas vain. J'ai tenu tête aux hommes et femmes de Yabouciré, ce qui m'a permis de poursuivre mes études. J'avais un bon salaire. Une complicité avec Birama m'aurait permis de vivre dans l'aisance pendant tout le reste de mes jours. De grâce, faites en sorte que mon sacrifice ne soit pas vain. Faites en sorte que les auteurs des tueries arbitraires soient punis par la justice. J'ai eu raison des xénophobes de mon village. Aidez-moi à prendre le dessus sur les colons noirs. N'élisez jamais mon bourreau. Ce n'est nullement celui que vous soupçonnez. C'est mon mari, Birama, complice du Président Aboudi, qui m'a pris le souffle. Pour aucun compromis, ne renoncez à rendre justice, même si je sais que "Dieu est le plus juste des juges". Et, lorsque vous aurez fini de rendre justice, organisez une séance d'exorcision collective, car vous êtes tout aussi responsables que ceux qui nous ont gouvernés. N'est-ce pas une partie du peuple qui organise des contre-manifestations en faveur d'Aboudi ? Qui vend sa carte d'électeur aux hommes du pouvoir ? À qui Aboudi distribue-t-il une partie de l'argent volé au peuple ? Je vous appelle à… »

Imprimé au Canada

9 782924 715161